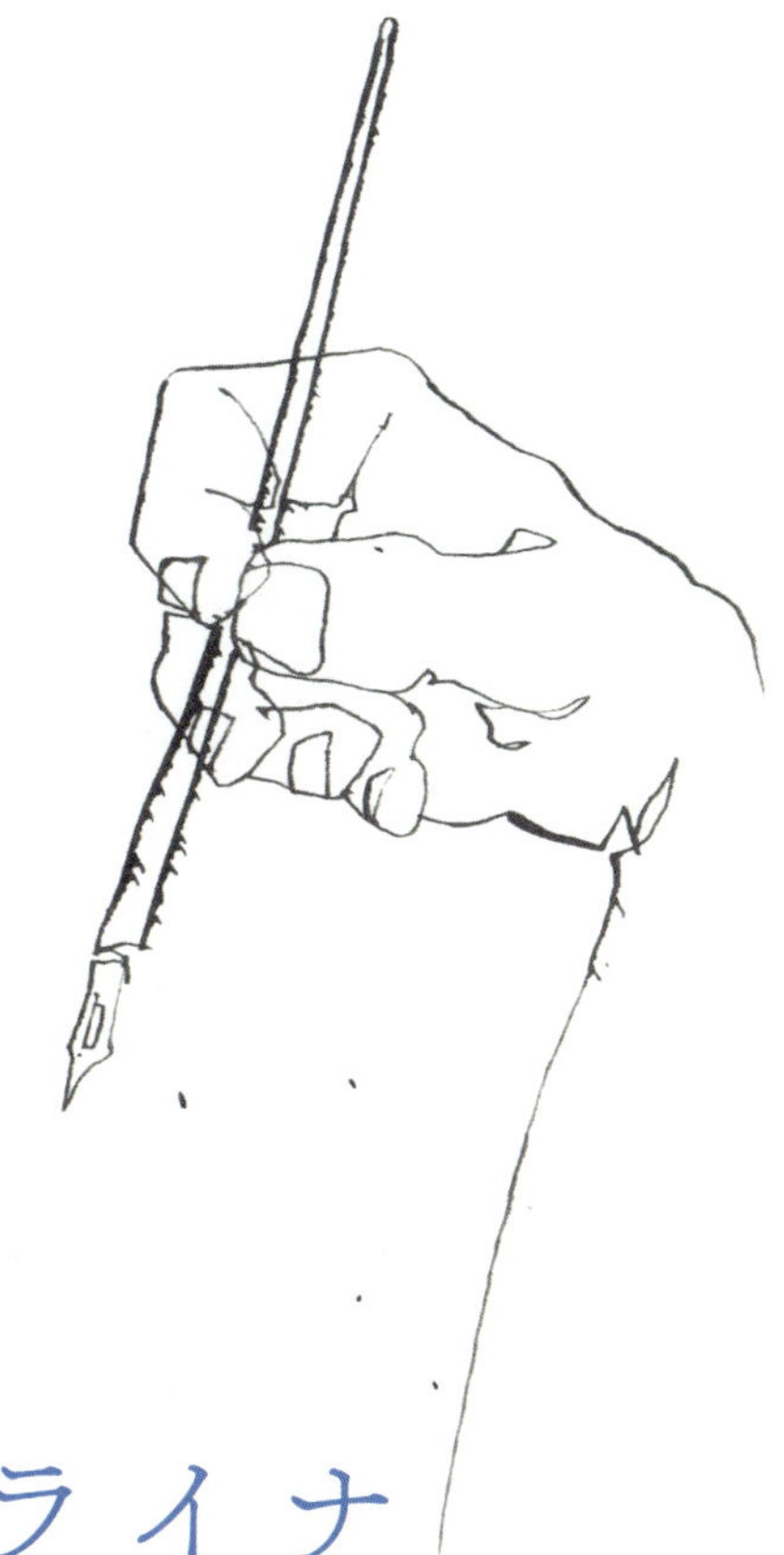

ウクライナ

わたしのことも思いだして

戦地からの証言

ジョージ・バトラー 文と絵　原田勝 訳

小学館

George Butler.

土嚢(どのう)に包まれていく独立記念碑(ひ)

ハルキウ、憲法広場、2022年3月31日

戦争のただ中におかれた
すべての市井（しせい）の人々に。
そして家で待っている
母、父、ヘンリーと祖母に。

CONTENTS

本書によせて

戦争の経過を記録にとどめることは困難で危険だが、不可欠だ。独裁的な指導者は、他国への侵攻とその結果について、真実を隠蔽しようとする。ロシア大統領ウラジーミル・プーチンは、二十一世紀における独裁的指導者の代表例だろう。一方、自由を愛する人々は、起きている出来事の実態を世界に伝えようと、カメラやペンやマイクを手に懸命に闘う。伝えるべきは戦闘員の行動だけでなく、暴力によって平和な日常を奪われた罪のない人々が、その時なにをしていたかだ。

わたしは五十年以上前、戦場記者として、また戦争歴史家としてのキャリアを歩みはじめた時、愚かにも、自分の役目は戦闘を記録することだけだと思っていた。だが今は、ジョージ・バトラーが自身の人生の多くをかけて、言葉と絵でなにを伝えようとしているのか理解している。つまり、兵士たちの話は彼が伝えたいことの一部にすぎず、大半を占めるのは戦争に翻弄される人々の話なのだ。どんな紛争においても、銃をもって戦う兵士たちより、はるかに多くの民間人、とくに女性や子どもたちが、ハリケーンのような暴力でなぎたおされていく。われわれのように平和で安全な暮らしを送っている者は、恐怖の中で生きることを強いられた人々の思いを理解しなければならない。ウクライナの人々は、剥奪と犠牲と破壊のさなかに祖国にとどまり、大義をかかげることで、すでにその勇気を示している。

ジョージ・バトラーは、まさにそうした人々の実像を、言葉と絵の融合によってじつに効果的に描いている。バトラーは二十年近く前にアフガニスタンの戦闘地域で取材を始めて以来、ヴィクトリア朝時代〈訳注・イギリスがヴィクトリア女王（在位一八三七～一九〇一）の統治のもとで大きく発展した時代〉の戦場画家たちが担っていたすばらしい伝統を復活させた。写真技術が普及するまでは、こうした画家たちが大英帝国軍に従軍し、戦争を記録していたのだ。

二〇〇六年、キングストン大学芸術学部の最終学年に在籍中だったバトラーは、イギリス陸軍に従軍し、ラシュカルガーとカブール〈訳注・いずれもアフガニスタンの要衝で、カブールは首都。当時は米英が介入したアフガニスタン紛争（二〇〇一～二一）中〉の最前線にいる兵士たちを描いた。二〇一二年には、トルコから徒歩でシリアに入り、反政府組織の自由シリア軍と数週間行動をともにし、ロシアの支援を受けたアサド政権〈訳注・アサド大統領（在任二〇〇〇～二四）は独裁的な国家運営で知られたシリアの指導者〉による殺戮と破壊のあとを記録している。バトラーは自身の作品を、あわただしく流れていくテレビ・ラジオのニュースや、締め切りに追われる新聞報道に代わる、芸術的手法による節度あるジャーナリズムととらえている。近年、バトラーは世界の半分を旅してまわり、その作品は、タイムズ紙、BBC放送、ガーディアン紙で紹介され、国立陸軍博物館、帝国戦争博物館北館、ヴィクトリア・アンド・アルバート博物館に展示された。現在三十九歳のバトラーは、さまざまな理由で秩序が乱れている危険な場所で、イーゼルを立て、あるいは防弾チョッキをつけた胸の前にスケッチブックをかまえてきた。

　バトラーがウクライナに強く惹かれ、目をそむけられなくなったことは、この稀有な作品のページをめくれば、読者のみなさんにも伝わるだろう。バトラーは、人々の言葉とスケッチを通して、彼らが世界中の多くの人たちに畏敬の念をいだかせている決意と勇気を、どうやって奮いおこしたのかを見せてくれる。二〇二二年二月以降、一部の人々は、ウクライナの軍備増強は、自由主義の大義を守り、西側諸国の同盟の信頼性を高め、侵略戦争を阻止するために欠かせないと声高に主張してきた。開戦当初、わが国（イギリス）の首相をはじめ、ヨーロッパの政治家の多くが、ウクライナ支持のポーズを何度も見せていたが、いざ実行に移す段になると、情けないほどわずかな支援しか行なっていないことに心ふさぐ思いだ。初期のころこそ、急いで武器弾薬を送りとどけたが、その後の西側諸国は、ウクライナ支持を明言するものの、その言葉と実際に届いた援助物資とのあいだには大きな隔たりがある。じつはこの文章を書いている時点で、イギリス政府はウクライナむけの砲弾を調達する新たな契約を一件だけ結んだが、納期は二〇二六年だ。

当初から明らかだったことだが、アメリカの大規模な支援がなければウクライナの存続そのものが危うい。現在、アメリカの共和党議員たちは軍事援助を打ち切ることをめざしているが、すでに多くの犠牲をはらっているウクライナ国民にとって、アメリカの援助はこの先もロシアと戦いつづけるための命綱だ。われわれは今、プーチンの冷徹な計算と対峙している。彼は、西側諸国には、いつまでもウクライナへの支援を継続する力はないとふんでいて、このままでは、その思惑どおりになってしまいそうだ。このような危機的な時期に、今も敢然と抵抗を続けているウクライナ市民との対話を、絵と文章で記録したジョージ・バトラーによる本書には格別の意義がある。これは現代の大きな悲劇についての注目すべき証言集だ。もし今、われわれが、ウクライナを支える戦略的、政治的、倫理的意義から目をそむけてしまったら、いつか自分たちに重大な危険がおよぶだろう。われわれは、バトラーをはじめ、世界でもっとも危険な地域に命がけでおもむく人たちに感謝し、彼らの語る言葉に耳を傾けなければならない。もしも暴政や悪が勝利をおさめたなら、それはすべての人にとって歴史的敗北を意味するのだから。

マックス・ヘイスティングズ
（イギリスの国際ジャーナリスト・歴史家）

二〇二四年二月

破壊(はかい)されたロシア軍の車列

ヴォグザーリナ通り、ブチャ、2022年4月6日

まえがき

この本のタイトルは、ウクライナの言語と文化にとても大きな影響を与えた詩人、タラス・シェフチェンコ（一八一四年三月九日生～一八六一年三月十日没）の詩の一節をもとにしています。シェフチェンコの詩「遺言」の英訳版に、最後の一行が「Remember also me」（わたしのことも思いだしてくれ）で終わっているものがあるのです。この詩は、今読むと驚くほど暗示に満ちています。二〇二二年にウクライナで始まった戦争に関するすべての記事の見出しの陰には、ある共通のテーマがひそんでいます。それは、ウクライナの市民が自分や家族や祖国を守るために、ロシア軍の侵攻に対してどうふるまったか、です。歴史が彼らのことも思いだすことができるように、この本によって、人々のいつわりのない証言と心からの声が、そのまま読者に伝わることを願っています。

二〇一四年二月、当時のウクライナ大統領ヴィクトル・ヤヌコーヴィチが、マイダン革命〈訳注・ロシアとの連携を重視するヤヌコーヴィチ大統領が、欧州連合（EU）との関係緊密化を求める野党や市民勢力の抗議行動によって政権の座を追われた一連の出来事。「マイダン」はウクライナ語で「広場」の意〉によって政権の座から追われると、それに反発した親ロシアの分離独立派による抗議活動が、ロシアと国境を接する東部のドネツク州、ルハーンシク州で始まりました。一か月後、ロシアはクリミア半島を併合し、分離独立派が、ドネツクとルハーンシクはロシアの管理下にある共和国だと主張して、州庁舎を占拠します。

二〇一四年四月六日、ウクライナ軍はそれに対抗し、ロシア政府の援助を受けていた東部地域の分離独立派への軍事作戦を開始しました。

二〇一四年九月、停戦が合意されましたが、その後、停戦合意は何度も破られてはまた締結されることとなります。その間、ウクライナ軍もロシア軍も、しばしば地面が凍りつく寒さの中、深く掘られた塹壕に身をひそめたままで、戦線はほとんど動きませんでした。

二〇二二年二月二十一日、ロシアのウラジーミル・プーチン大統領が、ドネツク人民共和国とルハーンシク人民共和国を独立国家として承認します。同時期、ロシアおよびベラルーシ領内のウクライナ国境付近にロシア軍が集結しますが、ロシア政府はウクライナに侵攻するつもりはないと主張しました。次になにが起きるのか、世界の目がこの地域に注がれました。多くの人が、ロシアが攻撃をしかけるとはまったく思っていませんでしたが、二月二十四日午前五時、状況が一変します。ロシア軍部隊がウクライナに進軍し、大規模な侵攻が始まりました。

プーチンはこれを、ウクライナ東部のロシア系住民保護のための「特別軍事作戦」だと説明しました。「非ナチ化」〈訳注・プーチンは、第二次世界大戦時のナチス・ドイツとの戦いを連想させるために、ウクライナのゼレンスキー政権をナチスになぞらえ、侵攻の口実にした〉、「非軍事化」といった言葉を用いて、独立国家への侵攻を正当化したのです。この侵攻に対し、国連総会では非難決議が採択され、国際司法裁判所は、軍事行動をやめるよう、ロシアに対する暫定措置命令を出し、さらに欧米諸国は、ロシアに重い経済制裁を課しました。

当初、多くの人たちが、ロシアは首都キーウを無抵抗のうちに占領すると考えていましたが、ウクライナの人々はそうは思っていませんでしたし、それ以来、ウクライナ領内での戦闘は激化し、双方に甚大な損害をもたらしています。

ウクライナの人口は四千三百万人です。ロシア軍の侵攻が始まってから、一万人を超える民間人が死亡しました。また、三百七十万人が国内避難し、六百三十万人以上のウクライナ人が難民となって世界中に散らばっています。この本では、わずかですが、そんなウクライナで直接話を聞くことができた人たちを紹介したいと思います。

二〇二二年二月二十四日以前は、わたしたちがこうした人々の存在を耳にすることはなく、まして、名前を知るようなことはまずありませんでした。ところが、ここ二年間の出来事によって、彼らは歴史書に登場するようになりました。彼らの物語は、すべてが新聞の一面を飾るほど派手なものではないかもしれませんが、戦争とはどういうものなのかをよく表わしています。

彼らは、将来、二十一世紀における大きな歴史の転換点と見なされるかもしれないこの時期に、ウクライナ各地で悲劇や連帯や決意や愛情や破壊を目撃した人たちです。しかし、人々がそのような場面に遭遇しているのはウクライナに限ったことではありません。別の場所で起きている多くの戦争でも、同じようなことが起きています。わたしたちは、恐ろしい出来事をあるがままに、その残虐性を鮮明に詳細に記録することができさえすれば、もしかして、ひょっとしたら、負のサイクルを断ち切れるのではないかと想像します。しかし悲しいことに、今のところ、そのサイクルは断ち切れていません。わたしがガザやシリアやイエメンやミャンマーで出会った人々も、同じような経験をしていました。こうした人々の記録は、戦争になれば必ずくりかえされる悲惨な出来事を思いおこさせることしかできないのです。

　この本に収録したスケッチは、二〇二二年三月～四月、二〇二三年三月～四月および七月～八月に、キーウ、ハルキウ、イジューム、ブチャ、オデーサ、クラマトールシク、ポルターヴァ、スロヴャーンシクなどを訪れた際に描いたものです。スケッチとともに収録した言葉には、今のウクライナの国民や国土を作ってきた一世紀にわたる歴史がにじんでいます。そして、どれも、わたしがその場にすわり、スケッチをしながら試みたインタビューにもとづく、一人ひとりの証言です。ただし、わかりやすくするために文章に手を入れたり、前後の発言とのバランスを考えて編集した部分もあります。収録されている人たちはみなさん、名前を公表することを選びました。

今でも、ウクライナ国内で、人々の前むきな姿勢を見出すことはむずかしくありません。しかし、わたしが出会った人たちは、ほぼ例外なく、痛ましい体験をくぐりぬけていました。この本は悲惨さを描くための本ではありません。彼らが明かしてくれたゆれる心の内には、親密さや、誇りや、抵抗や、地域社会や、民族意識や、強さが、どれほど感じられたことか。残酷で悲惨な話を語っていても、人々は絶望していませんでした。当時も、そして今も、そこには大いなる希望があり、その希望は明るく輝いているのが見てとれました。

この戦争については、しばしば、第二次世界大戦とよく似ていると言われます。轟く砲声、訓練だと信じて出征していく若者たち、敵味方を識別するために腕に巻くテープ、アスファルトを引き裂く戦車の無限軌道、小さなシャベルで凍りついた地面に掘った塹壕、そして世界秩序の崩壊……。このような比較をするのは簡単ですし、まさに、わたしたちが考える戦争のイメージそのものでもあります。しかし、そうしたイメージの裏には、彼らの言葉が明かしてくれる一人ひとりの真実があり、そして、それらはみな、うそいつわりのない、生々しいものでした。たしかに、新聞の一面を飾る言葉巧みな記事とくらべれば洗練されていませんが、わたしは彼らの物語が記憶され、現代の戦争が発するたえまない情報の渦にのみこまれずに残ることを願っています。

ジョージ・バトラー

二〇二四年二月

オデーサ国立アカデミック・オペラ・バレエ劇場

オデーサ、2022年3月15日

遺言（ゆいごん）

タラス・シェフチェンコ
（ジョン・ウィア英訳より）

わたしが死んだら、
愛するウクライナに葬（ほうむ）ってくれ。
どこまでも広がる平原の
高くふくらんだ塚（つか）の上に。
わたしの目に、見わたすかぎりの畑やステップ、
切りたったドニプロ川の岸が見えるように、
わたしの耳に、
その力強い川音が聞こえるように。

ドニプロ川がウクライナから
深く青い海へと、敵の血を運びさったなら、
その時わたしは

この連なる丘と肥えた畑をあとにして、
すべてを棄てて
神の御許へ旅立つ。
そして、祈るだろう……。だが、その日まで
わたしは神を顧みない。

さあ、わたしを地に埋めて、立ちあがれ。
重い鎖を断ち切り、
手に入れた自由を
圧政者たちの血で洗え。
そして、すばらしい新たな家族とともに、
自由の民とともに、
やさしい言葉でそっと、
わたしのことも思いだしてくれ。

一八四五年十二月二十五日、ペレヤースラウにて

ジョン・ウィア(John Weir)による英訳版の使用を許諾してくださった、
カナダのトロントにあるシェフチェンコ博物館(www.shevchenko.ca)に感謝いたします。

ロシア
チェルニーヒウ
コノトープ
スーミ
クープヤンシク
キーウ
ブチャ
ハルキウ
ポルターヴァ
イジューム
セヴェロ
ドネツク
スロヴヤーンシク
クラマトールシク
ドルジュキーウカ
バフムート
ルハーンシク
ドンバス地方
ドニプロ
ザポリージャ
ドネツク
マリウポリ
ヴァシーリウカ
ザポリージャ
原発
ベルジャーンシク
ミコラーイウ
オデーサ
ヘルソン
アゾフ海
クリミア半島
黒海

ウクライナ主要都市と勢力図（2023年春）

MADAME OLGA, 99

Matriarch, great-grandmother

KYIV

マダム・オーリハ　九十九歳

四世代にわたる一族の最年長者

〈キーウ〉

マダム・オーリハは一九二三年に生まれた。第一次世界大戦がまだ人々の記憶に新しく、第二次世界大戦が始まる十六年前のことだ。一九一七年のロシア革命により、ロシア帝国はすでに崩壊していて、ウクライナはほどなく独立を宣言したものの、その後ソヴィエト連邦に組みこまれてしまう。〈訳注・ウクライナは一九二二年のソヴィエト連邦（ソ連）成立から、一九九一年のソ連崩壊後の独立まで、ソ連を構成するロシア共和国を中心とした社会主義共和国のひとつだった〉

それから九十九年後、キーウにある四階建てのアパートで、わたしは、マダムと呼ぶにふさわしいオーリハと、娘のヴァレンティーナに会った。最上階の小さな部屋で、内装や家具は四十年前から変わっていないように見えた。キーウではまだ、ひんぱんに空襲が続いていたが、アパートの部屋で会うことにしたのは、オーリハの体が著しくおとろえていて、シェルターまで階段をおりていけなかったからだ。それどころか、ベッドから出るのもむずかしくなっていた。

わたしが部屋に入ると、オーリハはベッドに横になっていた。枕の下から聖書が半分のぞいている。分厚い毛布の下にある小さな体の形がかろうじて見てとれた。オーリハは枕の山にもたれ、肘をついて体を起こすと、わたしをじっと見すえた。小鳥のように華奢な体とふるえる声の奥に、強い意志があるのがわかる。

オーリハははじめ、わたしが彼女をどこかへつれていくために来たと思ったらしい。家からつれだされ、もしかしたら愛する祖国からもはなれなければならないのではないかと不安そうだった。そこで、わたしたちを引きあわせてくれた救援ボランティアのミラが、ベッドの横にしゃがんでオーリハの両手をにぎり、目の前まで顔を近づけた。そしてオーリハに聞こえるように、大きな声でおだやかに話しかけ、わたしがだれで、なぜここにいるのか説明した。まもなく、オーリハは状況を理解し、「途中であれこれ質問しないでいてくれたら、最初から全部話してあげる」と言った。わたしたちは言われたとおり、オーリハが百年前にさかのぼって始めた身の上話に耳を傾けた。

（二〇二二年三月二十一日）

マダム・オーリハの話

なにを話せばいいんだろうね。わたしはもう九十九歳だから……。人生のはじめのころのことは、スターリン〈訳注・一八七九生～一九五三没。ロシア革命にも加わったソ連共産党の指導者。独裁的な恐怖政治をしいた〉が起こした大飢饉とか、第二次世界大戦とか、いろいろあったけど、きれぎれにおぼえているだけなんだ。そりゃあひどかった。今はもう、あの時代を知っている者はだれもいない。だれ一人……。きっと、わたしだけだろうね。

　わたしが生まれたのは、一九二三年、ジトーミル州ラードミシュリ地区のマラー・ラーチャ村だった。父は一九三五年に集団農場に入らされたんだ。ずいぶんと反発したらしいよ。集団農場はなまける人が多くて、だれも働く気がないと思ってたからね。村には集団農場が二つあって、ソ連の政治家の名前がついていた。そのうち、ヴォロシーロフ農場はみんな貧しくて、もうひとつのモロトフ農場のほうがましだった。モロトフ農場にはお金があってよく働く人たちもいたから、ついに父もそっちに入ることにした。そうなると、家族もそこで働くことになる。畑で働かされて、小麦畑の草とりなんかをしたもんだ。雑草だらけでね。ああ、わたしも手伝ったよ。その時は十二歳だった。

［オーリハは、戦争中にドイツで強制労働させられた話をしはじめた。それが彼女にとってつらい記憶なのは明らかだった。そして、当時の気持ちをどう言いあらわしたらいいかわからないと言った。気が動転してプーチンとヒトラーをとりちがえ、ドイツ軍がまたウクライナに侵攻してきたと思いこんでいた］

まったく、信じられないよ。ウクライナは立ちあがらなければ。大変なことが起きてしまった。恐ろしいったらありゃしない……。全力で国を守らないと。とんでもない災難が襲ってきた。

とんでもない災難が襲ってきた

戦争［第二次世界大戦］が始まると、村から決められた数の娘たちをドイツに送って強制的に働かせろ、という命令が出た。

その時、わたしは足がひどく痛くてね。かかとに膿がたまってたんだ。そこで父がわたしを抱きかかえて荷馬車に乗せ、ラードミシュリにつれていった。そこで医者に足を診てもらい、ドイツに着くまでには治るだろうと言われたから、わたしはみんなと一緒にドイツに送られた。着いた町がどこだったのかはわからない。風呂に入らされて、だれかが迎えに来て、わたしたちのうちの何人かをつれていった……。そこからは列車に乗って、ドレスデン……フライタール……ラーベナウ、最後にリューバウという村に着いた。ドイツには一九四二年から四五年までいたよ。

わたしを引きとった人たちの名前は思いだせない。ご主人はみんなに「ゲルト・ヘア」［はっきり聞きとれなかった］と呼ばれてた。奥さんの名前はヒルダ。母親も一緒に暮らしてた。奥さんに女の赤ちゃんが生まれてからは、子守りもさせられた。

その夫婦は、はじめはそれほど悪い人たちには思えなかった。ところがある時、なにがあったのか、奥さんが妙な考えにとりつかれて、おかしなことを始めたんだよ。大きなミミズを捕(つか)まえてきて、わたしたちに食べさせるんだ。指くらいもある、太くて大きなミミズを……。

ある日、わたしたちはとうとうがまんできなくなって逃(に)げだした。秋で、もう寒かったよ。わたしと、友だちのオーリャ・ローパチュクと、一緒(いっしょ)に働いてた男の人と三人で窓からぬけだしたのさ。工場の仕事を見つけたほうがましだと思って、列車に乗ったんだ。二人はドイツの地理がわかっていて、ドレスデンまで行ったんだけど、すぐに見つかって警察署につれていかれた。ああ、どうなるんだろう、って気が気じゃなかった。警察官に尋問(じんもん)されたんだけど、通訳がいたから、わたしは正直に、奥(おく)さんにミミズを食べさせられるんだ、って話したっけ。でも住所を聞かれて、ご主人が来て、村につれもどされてしまった。

ミミズを
捕(つか)まえてきて、
わたしたちに
食べさせるんだ

［第二次世界大戦が終わると、オーリハたちがいたドイツ東部はソ連の支配下におかれ、まもなくソ連兵がやってきた。オーリハと友人たちは故郷をめざして歩きはじめたものの、ソ連兵は、オーリハとウクライナ人の友人二人に、百三十頭の牛をつれていくよう命じた。牛を追いながらの移動は大変だった］

ЕКО
МАРКЕТ
8-22

外出禁止時間前にスーパーマーケットにならぶ人々

キーウ、2022年3月21日

戦争が終わると、わたしたちがいたあたりは味方の軍隊に占領された。ロシア軍の兵士たちにね。住民のことはほったらかしだった。頼れるのは自分たちだけ。で、みんなで考えて、そこを出ていくことにした。まずはドレスデンにむかった。わたしと、ドニプロペトローウシク〈訳注・現在のドニプロ〉出身のマリーヤと、プリープヤチ出身のオーリャ・ローパチュク。若い女性の三人づれだった。

ドレスデンに着いて駅の外へ出たら、荷馬車が停まっていて、男たちが何人か乗っていた。そのうちの一人が大声で言ったんだ。「見ろよ、おれたちの国の女の子だぞ！」って。みんな若かったし、同じスラヴ系の難民同士、わたしたちのことがすぐにわかったんだろうね。そこでわたしたち三人は、その男たちと一緒に、百三十頭の牛をヴィーンヌィツャまでつれていく仕事に雇われたのさ。とんでもないだろう？　ソ連軍はわたしたちに、はるばるヴィーンヌィツャまで、牛を追って歩かせたんだ！

そのスラヴ系の男が、［のちの］わたしの夫。名前はペトロー・ペトローヴィチ・イェフトゥシェンコ。もう亡くなったけど、キーウ州オブーヒウの生まれでね、それがわたしたちの出会いだった。当時わたしは二十二歳で、あの人は十四歳年上。それから、百三十頭の牛を追いながら、ヴィーンヌィツャにむけて一緒に歩いたんだ。はじめに、プロスクーリウという町に着いた。途中で国境を越えたから、たぶん、ポーランドに入ってすぐだったんだろう。わたしはペトローにこう言った。「わかってるでしょうけど、わたしはここからジトーミルをめざすから、あなたもどうぞ行きたいところに行ってちょうだい。駅で列車の出発時刻をきいてくるわ」って。ところが、牛が病気にかかってしまってね。牛たちを隔離(かくり)しているあいだ、ペトローとわたしはオーデル川に面したその町で、まる一か月、一緒(いっしょ)にすごすことになった。で、ペトローとはそういう仲になったってわけさ。

［牛たちが実際にヴィーンヌィツャにたどり着いたかどうか、ほんとうのところはわからない。百年近く生きてきただけに、オーリハの記憶(きおく)はかなり混乱していたが、こちらから話をさえぎることはできなかった］

その後、わたしたちは町をはなれることをゆるされて、ジトーミル行きの長い列車に乗った。ウクライナの西部で、なにやら恐(おそ)ろしいことが起きたといううわさを聞いたっけ〈訳注・一九四一年にリヴィウで起きたユダヤ人虐殺(ぎゃくさつ)のことと思われる〉。なぜそんなことが起きたのか、よくわからない……。でもその夜は、だれにもじゃまされずに静かにすぎた。

ジトーミルに着いて、縫製(ほうせい)工場近くの駅で列車をおりた。じつは戦争が始まる前、その工場で働きたいと思っていたことがある。駅のとなりにある工場でね。それから駅を出て、わたしの故郷のマラー・ラーチャ村に帰った。そのまま毎日がすぎていった。ペトローはずっとついてきてくれて、わたしたちはじきに結婚(けっこん)した……。あのころのウクライナは、

キーウ駅で、国内避難(ひなん)をするために列車を待つ人たち

キーウ、2022年3月28日

そりゃあもう、ひどい時代だった。

わたしには息子がいる。アナトーリイは一九四八年生まれ、ペトローは一九五……えーっと、何年だったか、もう忘れてしまった……。

孫たちはもう成人してるよ！

これがわたしの旅の物語。まったくとんでもない話さ……。

これが
わたしの旅の物語。
まったく
とんでもない話さ……

PETRO, 70

Book gatherer, locksmith
KRAMATORSK

ペトロー　七十歳

本を集める人、錠前師

〈クラマトールシク〉

　わたしがペトローと会った朝は、八時半にロシア軍のミサイルがクラマトールシク中心部に落下し、彼と落ちあう約束をしていた場所のすぐ近く、アカデミチナ通りから少しはずれたところにあるアパートを直撃していた。もちろん、このころにはもう、クラマトールシクに残っている市民は、こうした出来事に驚かなくなっていた。二〇一四年四月に、ロシア軍がドネツク州への事実上の侵攻を開始し、そしてとくに、二〇二二年四月八日にロシア軍のトーチカUミサイルが鉄道の駅に命中して六十三人が死亡してからは、そうした無差別攻撃がまたあるかもしれないと思っていたからだ。

　着弾現場周辺では、緑の作業服の上に蛍光色のベストを着た男たちが、折れた木の枝やがれきを片づけていた。軍関係者と見られる一団がミサイルの破片を集めているのは、将来、国際刑事裁判所に証拠として提出するためだろうか。また、割れた窓をふさぐために、合板を切っている人たちもいる。周辺の建物の窓は、ほとんど吹きとばされていた。人々は、割れた窓ガラスをバルコニーから通りにはいて落としながら、小声で言葉を交わして

ミサイルが落ちた場所で、本を集めるペトロー
クラマトールシク、2023年3月14日

いる。公園の近くに、お茶が飲めるテントが建てられていた。だれもさわいだり、声を荒らげたり、怒りをあらわにしたりせず、自分にできることをやっているので、すでにこうした状況が日常になっているのがわかる。とりあえず、生々しい感情は脇においているのだろう。

ミサイルが直撃した建物の前に、そこに住んでいたという、肩が破れた黒いフード付きの上着を着た女性が腰をおろしていた。顔のあちこちに黒いすすがついている。女性の前には、がれきの下から引っぱりだした持ち物がきれいに積んであった。女性はそれを見張っているのだ。その前を歩きすぎて角を曲がると、目に入ってきた光景は、いったいどうしてそんなことになったのか、すぐには理解できなかった。アパートの外にある小さなバラ園に、爆発で吹きとばされた何百冊という本が落ちていたのだ。ページがひらいて中が見える本が、あちこちのバラの枝にひっかかってゆれている。そのあいだにペトローが立ち、本を集めてはそっととじ、積みあげていた。

（二〇二三年三月十四日）

ペトローの話

なにがあったのか見に来たら、本が散らばってたんだ。わたしの本じゃないし、このアパートに住んでたわけでもないが、道にパンが落ちてたら、拾ってどこかにおいておきなさいと言われて育った。本も同じさ。心のパンだからな。たぶんその部屋に住んでた人は、窓の内側に本を積んでバリケードにしてたんだろうが、ミサイルが建物を中から吹きとばしたんで、部屋にあったものがみんな飛びちったんだろう。

わたしはこの町で生まれた。ここで育ち、ずっとここで暮らしてきた。だいぶ年をとったがね。ずっと新クラマトールシク機械製造工場で鍵を作る仕事をしてた。工場は二〇二二年の三月まで操業してたんだが、閉鎖されたよ。一年たって会社からいくらかもらったが、とてもありがたかった。でも、次の仕事が見つかった

本も同じさ。
心のパンだからな

やつは一人もいない。

今は妻と一緒に学生寮で暮らしてる。こんなことになるとは思ってなかった。金持ちだったことはないが、とりあえず住む場所はあるし、息子を助けてやれるかもしれない。わたしの生きがいがなにかわかるかね？　今はハルキウに住んでる息子とその家族だ。

女の子がいてね、そう、孫娘だが、一歳半になった。で、こう思ったんだ。まだ死ねない。死んだら、だれがあの子を嫁にやるんだ、ってね。だから、最低でもあと二十年生きなきゃいけないのさ。もっとも、戦争が本格化してからは一度もあの子に会えてないんだ。

ミサイル攻撃を受けた建物

クラマトールシク、アカデミチナ通り近く、2023年3月14日

YURII, 86

Widower, retired steelworker

MARIUPOL

ユーリイ　八十六歳(さい)

妻に先立たれた元鉄鋼労働者

〈マリウポリ〉

わたしは、ユーリイほど、老人ホームにいることをよろこんでいる人に会ったことがない。しかし、彼(かれ)がどういう経緯(けいい)で今ここにいるのかを聞いて、そのわけがわかった。ほかの入居者がまわりでわめいたり、どなったりしているのに、ユーリイは、このキーウ郊外(こうがい)にある施設(しせつ)で、おだやかな表情を浮(う)かべて椅子(いす)に腰(こし)かけ、マシュマロをはさんだクッキーを食べながら、マリウポリについて雄弁(ゆうべん)に語り、わたしの理解を大いに深めてくれた。

ユーリイが生まれたのは一九三八年、第二次世界大戦が始まる一年前だった。一九三九年、ソヴィエト連邦(れんぽう)は独ソ不可侵(ふかしん)条約を結び、当時ポーランド領だったウクライナ西部を併合(へいごう)した。第二次世界大戦中、九十万人を超(こ)えるウクライナのユダヤ人がナチス・ドイツによって殺害され、五百万人から七百万人のウクライナ人が戦死したと推定されている。わたしはインタビューの最後に、第二次世界大戦と今回のロシアによる侵攻(しんこう)に、どこか似たところはあるだろうか、とたずねてみた。するとユーリイはこう答えた。「これは兄弟殺しの戦争だ。ロシア語を話す人々が、ロシア語を話す人々を殺している」と。〈訳注・

ウクライナ語とロシア語は同じスラヴ系の言葉であり、またウクライナは長年、ロシアを中心とするソヴィエト連邦の一部だったので、ロシア語を話すウクライナ人も少なくない〉

（二〇二三年三月二十二日、キーウにて）

ユーリイの話

わたしは一九三八年三月三十一日、ドニプロで生まれました。一九四一年、炭鉱労働者だった父は、わたしと母親、兄をつれて、ウラル山脈にある炭鉱へ行きました。そこはふつうの炭鉱とちがってウクライナ人が多く、また、その後、スターリンによってクリミアから強制移住させられたクリミア・タタール人がたくさんやってきました。一九四四年、わたしたち一家は、カザフスタンにある別の炭鉱へ移らなければなりませんでした。そこはカザフ語を話す人たちばかりで、わたしにはひと言もわかりませんでした。

一年後、父がドニプロにある鉱山研究所に転勤になり、七歳だったわたしは、ドニプロに初めてできた科学や芸術教育を重視する学校に入れられました。ドニプロは戦争で町が廃墟と化していて、学校へ行く時は、少しでも教室を暖めるために、ストーブにくべる木ぎれを家からもっていかなければなりませんでした。当時はまだ、がれきの中にドイツ兵の死体が横たわっていました。わたしが十五歳の時、母が亡くなりました。戦時中の、そして、ウラルやカザフスタンでの暮らしで体をこわしていたのです。

一九六〇年、父はわたしに、クラマトールシクですでに技術者として働いていた兄のところへ行け、と言いました。兄がわたしの面倒を見ることになっていたのですが、わたしはそれがいやでマリウポリへ逃げました。

当時のマリウポリは小さな町でした。人口は三万人ほど〈訳注・約三十万人という資料もある。居住していた区の人口かもしれない〉で、小さな二階建ての民家がならんでいました。わたしはそれ以来、二〇二二年二月に大規模な侵攻が始まるまで、六十二年間、そこで暮らし、働いていました。仕事では成功しましたし、一時は二千人の従業員を束ねる立場にいたこともあります。その間、マリウポリの発展を見守っていましたし、ああいった九階建ての建物が次々にできて、人がどんどんよそからやってきて、さまざまな産業で働きはじめたのも見ています。

一九七二年、妻と結婚し、市内の広々としたアパートで暮らしはじめました。子どもはいませんでしたが、幸せな毎日でした。あちこち旅行に行ったし、北極圏にもつれていってやりました。二人でいろいろな経験をしました。二〇二〇年、妻が亡くなった時は、三部屋あるアパートに一人とりのこされた気持ちになりましたが、かわいがっていた猫がまだそばにいてくれました。

二月二十五日にロシア軍がマリウポリに攻めてきて、激しい戦闘がありました。わたしはアパートの床に何度もふせたものです。そうするように言われていましたからね。翌日、二月二十六日にアパートが爆撃を受け、両腕に火傷を負いました。二人の若者がわたしを引っぱりだして、ある建物へつれていってくれたのですが、そこには負傷したロシア兵数名と、負傷した市民がいました。その建物は九階建てだったのですが、屋上に機関銃がすえられ、周囲の市街地にむかって撃ちまくっていました。

猫はその時の爆撃で死に、わたしは持ち物をすべて失いました。二千六百冊の本と、消印のコレクションも全部。命の恩人二人がわたしを自宅から救助してくれた時、もちだせたのは、ポケットに入れてあったパスポートと工場の身分証、現金が四十フリヴニャ〈訳注・ウクライナの通貨単位。二〇二二年時点では、一フリヴニャ＝四円前後〉だけでした。

その後、わたしはアゾフスターリ製鉄所の診療所につれていかれ、そこに一か月半いました。ロシア軍は、最初の二日間はわたしの身元を調べていましたが、高齢だとわかると、かまわなくなりました。

ロシア兵たちは一日に一度だけ、ゆでたスパゲッティとジャガイモを、お湯ごとグラスに入れたものをくれました。まあ、想像してみてください……。わたしはその間に体重が四十キロ以上落ちました。

ロシア兵はわれわれを牛のようにあつかい、マリウポリ周辺で略奪の限りをつくしたのです。

アパートが爆撃を受け、両腕に火傷を負いました

窓からは、かつて建設されていくのを見守っていた町が、破壊されていくのが見えました。戦闘音も聞こえていました。ロシア軍は、自分たちがよいことをしている映像を撮りたかったのか、ある日、厨房のコックが、食べ物を入れたおわんを手に、数名の兵士たちと一緒にいるところを撮影していました。ロシア軍がウクライナの人々を解放しているように見せたかったのでしょう。

結局、「勤務していた」工場の知人たちが、どうやってか、わたしを見つけてくれて、ロシア兵たちに金をはらって解放してくれました。そのころには、とても体が弱っていて、七階からおりてくるのに人の手を借りなければなりませんでした。診療所の階段をおりるのを助けてくれたロシア兵の一人が、わたしの年をたずねました。八十五だと答えると、こう言われました。「放りだせ。もう死んでもいいころだ。歩きまわる年じゃない」ってね。

五月に、あるユダヤ人組織に助けてもらい、マリウポリを出てドニプロへ行きました。わたしの生まれた町です。

わたしが働いていた工場の後輩で、アナトーリイという男も、マリウポリをはなれてドニプロの近くにやってきました。わたしは一人だったので、アナトーリイと彼の奥さんと息子さんが、わたしの世話を引きうけてくれました。その後、キーウのこの老人ホームに移りました。そして、まだこうして笑顔を浮かべながら、いつかマリウポリが解放され、せめて妻と母の墓参りができる日が来ることを願っているのです。

破壊されたイルピニ橋の下にある仮設の橋
キーウ近郊イルピニ、2022年4月7日

YARA, 27

Combat medic, drone pilot, mother
SLOVIANSK

ヤーラ　二十七歳

衛生兵、ドローンパイロット、母親　〈スロヴヤーンシク〉

止血帯、ドローン、手投げ弾がいくつか、改造したカラシニコフ自動小銃、そして古い四輪駆動車。それがヤーラの商売道具だ。ヤーラがウクライナ海兵隊〈訳注・入隊時はウクライナ海軍の一部〉に同行しはじめたのは二〇二〇年。それ以来、兵士としての経験を積んできた。

ヤーラは衛生兵で、ドローンの操縦もする。大学では英文学を学び、八歳の娘オリーサの母親でもある。自分が運転しているバンを「ジプシー・キング」と呼んでいるのは、有名なバンド、ジプシー・キングスの大ファンだからだが、もうひとつの理由は、部隊の仲間たちとその車で寝泊まりする生活が長くなり、まるで戦場の放浪者のようだと思ったからだ。

はじめは、彼女がどういう人物なのかつかみかねた。詩が好きで、肩にかかる細い三つ編みが印象的なこの女性と、カラフルな絵で飾られた弾薬ケースは、どこでどう結びつくのだろう？　でもヤーラが話しはじめ、これまでくぐりぬけてきたことを聞いているうちに、すべて腑に落ちていった。

ジプシー・キングは、負傷者を前線から救護所まで運ぶ救急車を兼ねていて、うしろの荷室をのぞいてみると、彼女の防弾チョッキや弾薬ケースとならんで、さまざまな救急キットがぶらさがっていた。壁にはスポンジ・ボブのぬいぐるみがピンでとめてある。ヤーラが携行しているカバンは二つ。ひとつは衛生兵の装備で、液体鎮痛剤の小瓶やその他の救命器具が入っている。もうひとつのカバンはドローン用だ。市販の民生用ドローンだが、機体の底に面ファスナーで固定した小さな落下装置がある。そこに、柄にフィンをつけた手投げ弾を装着して飛ばすのだ。爆弾にはねじこみ式の起爆装置がついていたが、ヤーラはコーヒーを飲みながら、スケッチしてる最中に爆発したりしないから安心して、と言った。ウクライナ東部の戦線では、こうした小型ドローンがロシア軍に反撃するための重要な役割を果たしてきた。

（二〇二三年三月十七日）

ヤーラの話

二〇二二年までは、ボランティア医療団体「ホスピタラーズ」で救急救命活動をしていて、それ以前は、英文学の修士号をとるために大学院で勉強してました。二〇二二年、正式にウクライナ軍に入隊したら、二月になって、ロシアの全面的な軍事侵攻が始まりました。今は、夫［ペトロー］も同じ中隊に所属してます。夫はここに来るまで第十旅団にいて、わたしは海兵隊でした。でも本格的な侵攻が始まると、彼も、わたしたちが戦っていたルハーンシクに来て、同じ部隊への転属を願いでて許可され……機関銃を担当しています。一緒に戦っているから、いつお互いの死を目のあたりにするかわかりません。今のところ、運よく二人とも無事だけど、どちらかが死んでもおかしくない場面は、これまでに何度もありました。二〇二二年の三月に、マリウポリの北四十五キロにある村で、激しい戦闘になった時がそうです。ロシア軍はそこを突破しようとして、わたしたちはそれに抵抗してた。その時の戦闘で大勢の味方が死傷しました。

いつお互いの死を目のあたりにするかわかりません

ロシア軍の戦車の列が、味方の監視所に近づいてきたんです。そこには、わたしと夫をふくむ五人がいて、APC［装甲兵員輸送車］もありました。わたしたちには、その車列は、マリウポリから避難してくるウクライナ人を乗せていると伝えられていました。でも、ドローンを飛ばしてみたら、乗っているのはロシア兵のようでした。

指揮官は、夫をつれて、ほんとうにロシア兵なのか確かめに行きました。万一まちがっていたら大変ですから。そしたら先頭の戦車に見つかってしまい、砲塔が二人のほうをむいたんですが、たまたまAPCが目に入ったんでしょう、まずそっちをねらって撃ってきた。砲弾が命中してAPCが爆発した時、わたしはすぐそばにいました。どうにか後方にある森に逃げこんだんですが、まわりに銃弾が飛びかう中、ぎりぎりの脱出でした。でも、全員、無事だった！　そう、三月五日……日付まではっきりおぼえています。そのあと近くの村へ行き、別の中隊と合流して、ロシア軍の進軍を食いとめました。戦車やトラック、あわせて十四両の車列でした。それから七日間、ザチャーチウカ村を守りました。ロシア軍は三つのルートから村を攻めてきて、わたしたちは弾薬を使いはたすまで撃ちまくったんです。味方の兵士が三人、五分おきに負傷した日もありました。仲間を大勢失ったわ……小隊長だった上級中尉も戦死したし……。

この中隊には、ほかにも女性がいるけど、海兵隊は、女性兵士を前線に投入したがりません。実戦で戦いたければ、きびしい試験に合格しなきゃならない。わたしはどうしても戦いたかったから、体力テストを受けて合格したんです。軍の信頼を得たからこそ、こうして戦えるんです。

どちらかが死んでも
おかしくない場面は、
これまでに何度もありました

MARIIA, 76 & OLEKSANDR, 51

Mother & brother of Dima

BUCHA

マリーヤ　七十六歳　&　オレクサンドル　五十一歳

ジーマの母と兄

〈ブチャ〉

　報道の見出しになる前のブチャは、キーウ近郊にある、中流階級の人々が好んで住む町だった。それが、二〇二二年二月二十七日以降は、ロシア軍が民間人に対して数々の残虐行為を行なったことで知られる町になった。ロシア軍に奪われた町ではそうしたことが起きているのではないかと、多くのウクライナ人が恐れていたが、それが事実だとわかったのがブチャだ。町が解放され、数日後に実態が明らかになると、新たな疑問が次々にわいてきた。戦争とは、ウラジーミル・プーチンとは、そして、人間とは……。ほんとうにこんなことが起きたんだろうか？　ロシア兵は命令を受けてこうした行為におよんだのか？　人間は同じ人間に対して、ここまでひどいことができるものなのか？　まさか若いロシア兵たちは、自分がなにをしているのかわかっていなかったとでもいうのか？　ロシア市民は、自国の兵士たちがなにをしているのか知っているんだろうか？

　あれから一年、マリーヤとオレクサンドルはまだ、起きたことをどう理解し、そうした問いにどう答えたらよいか考えつづけていた。

　マリーヤが生まれたのは一九五〇年〈訳注・章見出しの年齢と計算があわないが、原文のままにした〉。ヨシフ・スターリンが四十万人とも推定されるクリミア・タタール人をクリミア半島から追放し、シベリアや中央アジアに強制移住させてから六年後、そしてニキータ・フルシチョフ〈訳注・一九五三年から六四年までソ連の最高指導者。スターリン批判で知られる〉が、クリミア半島をロシアからウクライナに帰属変更させる四年前のことだ。

　一九七二年、ソヴィエト連邦が全盛期だったころ、マリーヤは長男オレクサンドルを出産し、じきに次男セルヒイが生まれた。そして、一九八〇年にブチャに移り住み、八二年にドゥミトロー（ジーマ）が生まれた。

　わたしはマリーヤとオレクサンドルに会い、それぞれの息子であり弟であるジーマの話を聞いた。彼らが住んでいるブチャのアパートの前でジーマが殺されてから、ほぼ一年がたっていた。インタビューの途中でセルヒイも立ちより、少しだけ話に加わった。三人は深い悲しみに暮れながら、町がロシア軍に占領されて、生死をわけることになった一か月をどのようにすごしたのか語ってくれた。


（二〇二三年三月八日）

マリーヤとオレクサンドルの話

マリーヤ　あの日［二月二十四日］、朝五時半に目をさますと、爆撃音が聞こえたの。すぐにラジオとテレビをつけたら、戦争が始まってるじゃない。まさか、と思ったわ。まさかほんとうに戦争になるなんて……。だって、夫はロシア人だったし、ロシアには親戚も大勢いるのよ。だからロシアが攻撃してくるなんて、信じられなかった。

オレクサンドル　前はよく、ロシアから親戚が遊びに来てた。戦争が始まっても、その人たちは、「心配するな、ナチスを殺せばそれで終わりさ！」なんて言ってたっけ。

二十四日から二十六日までは、だれもアパートの外に出なかった。ホストーメリ空港から戦闘音が聞こえてきて、近所の人たちは地下室に避難したんだけど、ここは一階だから家にいたんだ。母には、町を出て避難しろってすすめたのに、「どこへ行けっていうの？　猫たちがいるじゃない！」って言うばっかりで。

どこへ行けって
いうの？

二月二十七日にロシア軍が町に入ってくると、たくさんの人がキーウに逃げた。手荷物だけもって、子どもの手を引いて、走って逃げていった。三月三日には、もうそこら中にロシア兵がいたのに、まだキーウに逃げようとする人がいた。でも、ロシア兵がそれを止めはじめたんだ。逃げる人を殺しはじめたのさ。やつらはそのうち、だれかれかまわず撃つようになった……車も、人も。

マリーヤ　ロシア兵が、自家用車に乗ってる人を撃つのを三回も見たわ。

オレクサンドル　弟のジーマは請負で電気工事をやってて、アパートの地下室を作業場にしてた。しょっちゅう、そこにいたよ。で、三月三日に、弟はホストーメリやブチャの中心部から逃げてきた人たちを、その地下室にかくまってやったんだ。タオルとか、必要なものを貸してやって。

マリーヤ　地下室にいたのは二十五人から二十八人くらい、子どもも八人か九人いた。

オレクサンドル　ジーマが殺されたのは三月四日だった。その日、近所に住むヴラッドと二人でアパートの角から様子をうかがってたらしい。そしたら、「フォーラ」「ヤブルンスカ通りにあるスーパーマーケット」の裏で、ロシア兵たちが民間人を何人か撃ち殺したんだ。あたりにいた人たちはあわてて走りだして地下室に逃げこんだ。ヴラッドは十五、六の若者で、ジーマに「逃げよう」と声をかけて走りだしたのに、ジーマは、「おれは今まで、だれからも逃げたことはない」と答えたらしい。ロシア兵がアパートのむこう側から近づいてきたんで、ヴラッドは地下室に駆けこんだ。でも、ジーマは逃げなかった。地下室に通じるドアの前の階段に腰をおろして……タバコを吸いはじめた……。

ロシア兵二人が近づいてきて、ジーマを見た。ジーマが兵士じゃなくて民間人だってわかってるのに、やつらは撃った。あいだをおいて三発。撃ったあとで、兵士の一人がジーマに近づき、死んでるのを確かめた。弟は、気はやさしいのに、口が悪くて……。

今話したことは全部、地下室に隠れてた近所の人から聞いた。母に伝えたのは、翌日、三月五日の朝だった。

おれは今まで、
だれからも
逃げたことはない

マリーヤ　わたしは話を聞いて気を失いかけ、オレクサンドルに抱きとめられたの。ジーマは四十一だった。結婚はしてなかったけど、近所に家を建てて、つきあってる女性もいたのに。その人は国を出ていったそうよ。

オレクサンドル　三月五日は、母のことが心配で、結局、ジーマの遺体を見に行かせなかった。母はジーマを部屋に運んできたいと言ったんだけどね。体を洗って、きれいな服を着せてやりたい、って。

ミキサー車で道路を封鎖(ふうさ)するウクライナ兵

ソボルナ通り、ブチャ、2022年4月6日その日はずっと、弟の遺体は地下室のドアの前に倒れたままだった。ロシア軍が外出を制限してたから、通りはがらんとしてたし、怖くてみんな外に出られなかった。ロシア兵が一日中うろついてて、だれかれかまわず殺してた。ちょっと通りを歩いただけで殺されるんだ。あの時はまだ、ウクライナ兵はいなくて、民間人だけだったのに。

マリーヤ　この二つの窓から、町の人が十一人殺されるのを見たのよ。

セルヒイ　ロシア兵は窓から外をのぞいてる人も撃ったんだぞ。まるで猫か犬を撃つみたいにさ。酔っぱらって町をうろついては、動くものが目に入れば発砲してた。

オレクサンドル　ようやく母は外に出て、ドアの前で倒れて死んでいるジーマのところに行った。体を洗って、服を着がえさせてやりたくて。母はジーマを家に運びたがったけど、地下室に隠れてた人たちが「お願いだから、そのままにしておいてくれ」って言うんだ。「ジーマは、生きてる時もわたしたちを守ってくれたけど、亡くなった今も守ってくれてる」ってね。

　通りかかったロシア兵たちは、遺体を見て、地下室にはおりていかなかった。つまりジーマの遺体が、地下室にいる人たちを守ったことになる。すぐ近くのアパートでは、ロシア兵が地下室に手投げ弾を投げこんだ。そこには子どもが五人もいたのに。ロシア兵たちは、地下室に通じるドアをたたいて返事がなかったから、手投げ弾を投げこんだらしい。そのアパートは203G。ここは203Aだ。

マリーヤ　ジーマは身代わりになって、みんなを守ってくれたのよ。

オレクサンドル　三月六日の夜、ジーマの遺体を家まで運び、玄関に寝かせた。三月七日には状況が少し落ちつき、地下室にいた人たちの多くはイルピニに逃げた。危険な目にあわずに避難するには、歩いていくしかなかった。車で逃げるのはとても危険で、自転車でも同じだった。

三月七日にロシア兵が何人か、うちを調べに来たんだが、ジーマの遺体は朝のうちに運びだして、アパートの壁ぞいに寝かせてタオルでおおっておいた。

ジーマは身代わりになって、……

マリーヤ　最初にオレクサンドルが外に出ろと言われ、すぐにわたしも呼びだされた。ロシア語を聞いただけで、わたしは泣きだしてしまって。そしたら、兵士の一人が銃口をむけてきたから、わたしはその兵士に近づいていった。「おれが怖くないのか？」って言うから、「怖くなんかない。あんたたちは同じ『ルースキー・ミール』〔ロシア語で『ロシアの世界』を意味する〈訳注・ロシア語を話し、ロシア正教を信仰する人々の連帯を意味する言葉。暗に旧ソ連や帝政ロシアの勢力圏復活を意味し、ウクライナ侵攻の背景にはこの考え方があると言われる〉〕に住んでる仲間なんでしょ。怖がるわけないじゃない」と言ってやったわ。

オレクサンドル　三月八日に、ロシア兵がもう一度アパートの中を調べに来た。軍関係者をかくまってないか、確かめたかったんだろう。ひととおり調べおわったあと、兵士と一緒に外に出て、弟を埋葬していいかきいてみた。怖いとは思わなかったな。そしたら、「いいだろう。明日また来るから埋めてやれ」と言われたんだ。

　翌日、シャベルを出して、ジーマの遺体を運んでいった。ちょうど今日みたいな天気だった。そう、今日は三月八日だから、明日で一年になる。アパートの裏に埋めることにして、そこまで弟の遺体を引きずっていった。そのあいだ、ロシア兵たちはずっとついてきて、一人は母が穴を掘るのを手伝ってもくれた。ほかの二人は立って見てたな。母は兵士たちとしゃべってたけど、自分は話をするつもりなんてなかった。母が、ロシアに親戚がいると言ったら、兵士の一人が「ロシアに避難したらどうだ」って言うじゃないか。だから、そいつの目をにらんで、「あんたたちが国に帰るころには、ロシアはすっかり変わっちまってるぞ」と言ってやったよ。ロシアがこの戦争にふみきったことは、とりかえしのつかないまちがいだ、って言いたかったんだ。そいつは、なにも答えなかった。
一番ひっかかってるのは、ジーマの最期を見てないことだ。弟を撃った兵士たちの顔をおぼえてた人もいて、兵士の一人に、「なぜジーマを殺した？　ただすわってタバコを吸ってただけなのに、なぜ撃ったんだ？」ときいたら、そいつは「軍服みたいな緑のズボンをはいてたからさ」と、からかうように言ったらしい。まあ、「うるせえ、ほっとけ」ってことなんだろう。

それからは、ぎりぎりの生活が始まった。戦況が落ちつき、ロシア兵がまだうろついてるうちから、町の人たちはアパートの外で火をおこして、煮炊きするようになった。ただ、敷地の外へは絶対に出なかった。シャベルをもってる人は少なかったから、亡くなった身内を埋葬するのに、近所の人が次々にうちのを借りに来た。このあたりには遺体がたくさん埋まってる。

町から脱出する最後のチャンスは、人道回廊が最後に設けられた三月十二日だった。そのあとは、町の外へ出られなくなった。だから、ずっとここにいた。外で火をたいて、料理して——そりゃあ寒かったよ。電気も暖房も水もない生活が続いて、四月一日にやっとロシア軍が撤退したんだ。

マリーヤ　一人だけ、町の人たちと話をするロシア兵がいてね。シベリア出身の若い兵士だった。ずいぶん遠いところから来ていたのね。声をかけると、答えてくれるの。まさかウクライナに戦争しに来るとは思ってなかった、って言ってたわ。軍事訓練に参加するだけだと思ってたらしい。ずいぶん驚いてたみたい。

　でも町の人たちから、「どれほど大勢の人が殺されたか見ただろう。どこが訓練だ」って言われると、なにも言いかえせなかった。

　でもね……わたしは息子を亡くした心の傷が、いつになってもふさがらない。それに、もし彼ら［ロシア兵］が地下室に入っていたら、どうなっていたことか……。

オレクサンドル　ジーマをいったん裏庭に埋葬したものの、その後専門家が来て、検死のために遺体を掘りだしたんで、五月二日に町の墓地に埋葬しなおした。精一杯のことはしてやったと思ってる。

このあたりには
遺体がたくさん埋(う)まってる

集団埋葬地

聖アンドリーイ教会、ブチャ、2022年4月8日

DR YURII

Doctor

IZIUM

ユーリイ

医師

〈イジューム〉

わたしは古い病院の廊下で、いかにも入ってくるなと言いたげなドアの前にすわり、医師のユーリイとの面会を待っていた。病院の正面は、二〇二二年三月八日のロシア軍のミサイル攻撃で破壊されていた。

ジャーナリストの取材にすぐ応じるかどうかで、どんな人物か想像がつくものだ。ユーリイ医師は急がなかった。当然のことだが、診察室の外で列を作っている人たちへの対応が先だ。そのことからも、彼がどれほど献身的にこの仕事にとりくみ、優先順位をどう考えているかがわかる。

患者たちはふぞろいの椅子やベンチに腰かけ、できればあまり待たずに診察してもらいたいと思っているようだった。イジュームは、二〇二二年三月のロシア軍による占領に先立ち、また、その後、二〇二二年九月の「解放」に際して、激しい空爆を受けたため、ユーリイに診てもらう必要がある市民がたくさんいた。

患者が帰り、診察室の中に入れてもらうと、黄色い壁の前に青いスクラブを着たユーリイがいた。この二色は、今、ウクライナの日常を隅々まで埋めつくしている。それをのぞいては部屋は薄暗かった。ミサイル攻撃が始まって以来、窓はみな板でふさいである。彼はデスクの前で背をかがめていた。話している時もあまり顔を上げなかったが、上げた時にわたしがスケッチした顔は、明らかに自分より周囲の人たちをはるかに気づかう人の顔だった。あまりに他人のことばかり考えているので、彼自身のことを話してもらうのがとてもむずかしかった。おかげで年齢もわからないままだ。

ユーリイは、自分はあたりまえのことをしているだけだと思っていた。

（二〇二三年三月十三日）

ユーリイの話

二〇二二年三月六日のことだ。その日から、わたしはこの病院で寝起きするようになった。朝起きて出勤し、そのまま九月までいたんだ。患者の大半も、やはり三月六日からここにいた。ほとんどの人が、身寄りがないか、高齢か、体が不自由だった。砲撃が始まり、地下室に移ってそのままだ。わたしたちの地下生活の始まりだよ。

市内に住む人たちの避難が始まったのは三月七日の夜で、避難先はスロヴヤーンシクだった。その日の午前中、ロシア軍の進軍をはばむために橋がいくつか破壊された。この町とウクライナ国内の占領されていない地域との連絡手段（電話と道路）は途絶していた。わたしの家は川むこうにある。数日後、わたしは家にもどって家族が無事かどうか確かめることにした。連絡がつかなかったんだよ。その時ここにいた医師は、わたしともう一人だけだったが、それぞれ、家族や親戚の安否を確かめてくることにした。無事だったら、もどってきて診療を続ける約束だった。なにしろ、まだたくさんの市民が残っていたからね。もどってきたのはわたしだけだ。でも、だれも責めるつもりはない。

戦闘が激しくなる前、この病院には五百人の医療スタッフがいた。今は二百人くらいだ。わたしはたいてい、最後の一人まで診察するようにしている。わたしはよく言うんだ、この病院は守護天使に守られてる、って。

わたしはよく言うんだ、この病院は守護天使に守られてる、って

ロシア軍に町を占領されていた時は、みんな体重がずいぶんへってしまったが、九月の「解放」のあと、またみんな太ってきたよ！　今、町はかなり静かになった。占領中に、一度、ロシア兵と話したことがあるが、やたらと悪態をついて、「イジュームの占領はクソむずかしい」と言ってたっけ。わたしは、イジュームの歴史を調べてみろ、と言ってやった。この町は簡単に陥落したことがない。そんなことは一度もないんだ。ここで戦争が起きると、必ず多くの人命が失われ、激しい戦闘がくりひろげられてきた。第二次大戦中も、何度か占領者が替わっている。この町が、素通りできない場所にある証拠だろう。

今回、町の八十パーセントが破壊されたと推定している専門家もいる。現在、イジュームは、ハルキウ地方でもっとも多くの地雷が残っている町らしい。ここのところ、この病院にも、あやまって地雷を爆発させた人がよくつれてこられる。ほとんどが若い人たちで、ロシア軍が駐屯していた森で再利用できる金属をあさっているんだ。今日も、森の中を歩いていてＰＦＭ－１地雷をふんでしまった患者が来ていた。その男は右足の足首から先を失った。毎週のように、新たに地雷の被害にあった患者がやってくる。

でも、幸い、ウクライナ人は立ち直りがとても早い。待合室での活気を見たかい？　診察の順番をめぐってけんかしてただろう。

わたしはいつもみんなに言ってるんだ。占領下でわれわれがなしとげたことは――つまり、どうにか診療を続けてきたことは――、医師や職員、それぞれの貢献がなければ不可能だった、と。みんなが助けあった。役割を分担し、病院の機能を維持したんだ。

人の命ほど大切なものはない

たとえば、二〇二二年三月には水道が止まってしまったが、病院の外へ出るのはとても危険だった。ロシア兵に見つかれば、撃たれるかもしれなかったからね。そこで雪がふった時に、その雪を集めておき、溶かして使ったんだ。

わたしはもともと物質的な豊かさを求める人間ではないが、ここ一年のあいだに、さらに物質的な価値に重きをおかないようになった。いくら大金持ちになったって、死んでしまえばなんにもならない。人の命ほど大切なものはない。かけがえがないんだ。

そのことがよくわかる例がある。ある時、近所に住む人たちがやってきて、こう言ったんだ。「おい、きみの家にミサイルが命中したぞ」ってね。むろん、心配だったよ。すぐにでも帰って、ほんとうかどうか確かめたかった。でも病院の仕事が忙しくて、なかなか帰れなかった。やっと帰ってみると、家の一部がめちゃめちゃにこわれていた。わたしはいきなり大声で笑いだした。近所の人たちが、「どうかしてるぞ。なぜ笑ってる?」と言うので、わたしはこう答えた。「忙しくてしばらく家に帰れなかったのは運がよかった、と思ってるからさ。帰っていたら、たぶん、今こうして、あなたたちとしゃべってないだろう」と。

つまり、昼夜を問わず働いていたから命拾いしたんだ。今、こうしてここにいて、きみと話せることがうれしいよ!

STANISLAV, 34 &
VOLODYMYR, 7

Father & son

KHARKIV

スタニスラーウ 三十四歳 & ヴォロディーミル 七歳

父と息子

〈ハルキウ〉

ハルキウ市立臨床病院の四階で、わたしはヴォロディーミルと会った。彼は検問所で銃で撃たれたあと、脳に銃弾が残って二度手術を受け、ベッドで療養中だった。母親のダーリヤはその時の銃撃で死亡していた。

ヴォロディーミルは、ベッド二つの小さな病室で、父親のスタニスラーウ、三歳の弟ヴィクトルと暮らしていた。三人は最愛の人を失った悲しみを乗りこえ、ともに一から新しい人生を歩みはじめようとしていて、その姿には胸に迫るものがあった。同じ病院の地下には、お互いの近くにいられるからということで、スタニスラーウの弟〈訳注・あるいは兄〉とその妻が、建物の基礎や暖房装置にかこまれて寝起きしていたが、それは、町の北部からの砲撃をのがれるためでもあった。

最初に会ったのは銃撃された一か月後のことで、ヴォロディーミルは自分の足で歩く訓練をしていた。しばらく寝たきりだったので筋肉が落ち、頭にくらべて体がふつりあいに小さく見えたし、頭にぐるぐる巻いてある包帯のせいで、よけいにそれが目立っていた。包帯に貼ってある動物の絵のついたカラフルな絆創膏が、父親が語ろうとしていた話とそぐわないように感じた。スタニスラーウとわたしは、幼い兄弟に聞こえないよう、少しはなれた空き病室へ行き、ヴォロディーミルの身に起きたことを聞かせてもらった。

（二〇二二年三月二十九日、二〇二三年三月十一日）

スタニスラーウが語るヴォロディーミルのこと

それは二月二十八日、ここからそう遠くない交差点の角にある教会近くでの出来事でした。その日は、たぶん、もっとも激しい攻撃があった日です。ロケット弾や爆弾が、あたりのアパートや建物に飛んできて……妻と息子たちは、わたしの弟夫婦と一緒に自宅アパートにいました。

　ベランダに面した窓が何枚か割れ、まわりの建物の窓もほとんど割れてしまいました。妻たちはパニックになり、弟のアパートに避難することにしました。妻と二人の子どもがうちの車で、弟夫婦は自分たちの車で移動しました。

　五百メートルほど走ったところで、妻と子どもらが乗った車がウクライナ軍の機関銃で撃たれたんです……。なぜそんなことが起きたのかわかりませんが、妻はその場で亡くなり、長男は頭に銃弾が残りました。次男は顔にいくつかかすり傷を負いました。
ダーリヤは三十四歳、天使のような人でした。

［こういう会話を交わしていると、スマートフォンに残された写真をスクロールしながら見せてくれる人がよくいる。まるで一人では耐えきれない痛みがあって、人に話せば、わずかかもしれないがその痛みがやわらぎ、あるいは一瞬でも、楽しい記憶がよみがえるかのようだ。もしそうなら、そうするだけの価値はある。スタニスラーウは、アゾフ海の浜辺で撮ったダーリヤの写真を見せてくれた］

ダーリヤの提案で、ずっと続けていたことがありました。毎年、結婚記念日に、家族で写真を撮っていたんです。車を買った年は、その車を入れて撮りました。子どもが生まれた年は三人で、二人目が生まれれば、その子も一緒に……。もう、その習慣はやめようと思います。もう、いいかな、と。

［スタニスラーウは、銃撃を受けた車の写真を見せてくれた］

これがその車で、事故が起きた場所で撮った写真です。弾があたったあとが、一、二、

今は戦争中だ、戦争ではこうしたことが起きるものだ

そして、三、四……五……、運転席に二発撃ちこまれています。後部座席に二発。窓ガラスがまったく残っていないので、窓を貫通した銃弾が何発あったのかはわかりません。

ウクライナ軍当局は、ただの自動車事故だったという報告書をまとめようとしました。死因は頸椎の骨折になってました。わたしたちと話しあったあとで、ようやく、これは戦闘中の出来事で、妻の体から複数の金属片が見つかったことを書きくわえたのです。それが軍の姿勢です。今は戦争中だ、戦争ではこうしたことが起きるものだ、というのです。つまり、同じようなことが、この町で……毎日起きていると言うんでしょうか……？

軍によれば、わたしの妻は止まれと言われたのに止まらなかった、ということになります。でも、だれもいなかったんです。あそこにはだれもいませんでした！　だれも止まれなんて言ってません……いきなり撃ったんです……。

ヴォロディーミルは、もう一度手術をするかどうか、様子を見ています。あとどれくらいここにいることになるのかわかりません。あの子の頭をじかに見るとわかるんですが、脳の左側がはれています。銃弾で脳が頭蓋骨に押しつけられていたので……脳内の圧力が高まり、今は医師が毎週、経過を観察しています。その必要がないことを願っていますが、もしかしたら、もう一度手術しなければならないかもしれません。これ以上、脳の手術を

せずにすむといいんですが、形成外科手術の必要があるかもしれません。両脚を少し動かすことができますし、反射もいくらかあります。ベッドの上で足をくすぐると、引っこめるようになりました。

ですから、わたしは、望みを捨てていません。いつかまた、あの子は元気になる、ってね。あなたに知ってもらいたいのは、こんなけがをする前、銃で撃たれる前は、ヴォロディーミルは、わたしに言わせれば……機械工学の天才でした。戦争が始まる二年前から、あの子は発明教室に通っていて……そこでロボット作りを教わっていたんです。

レゴを組み立てて遊ぶのが好きで、車や飛行機や戦車を作ってました。戦車の絵を描くんですよ……よりによって……あちこちにね！　その教室では、あの子は一番に新しいものを組み立てられるし、改造したり、特別な部品をつけくわえたりするのも、だれより得意で……。

来年はまた、もどれるといいんですけどね。あの子は根っからの技術者だと思います……四代目ですから。じつは、わたしの祖父も、父も、わたしも、弟も、みんな技術者なんです……。でも、わたしとちがって、あの子は本物です。わたしは技術者になる勉強はしましたが、仕事は販売管理なんです。

下の子は、これはまた、得意なことが全然ちがいます。ヴィクト

いつかまた、あの子は元気になる……

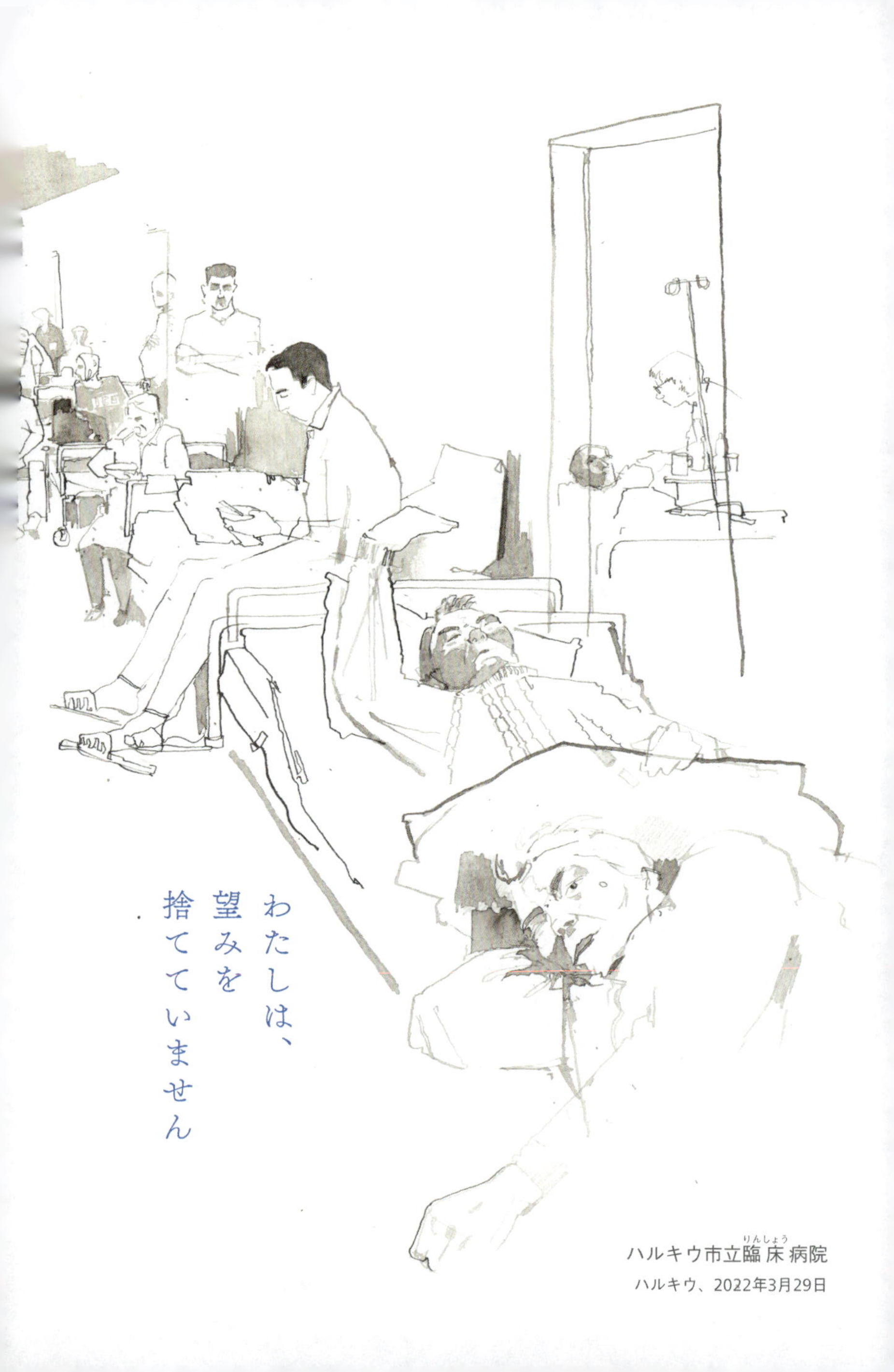

わたしは、望みを捨てていません

ハルキウ市立臨床(りんしょう)病院
ハルキウ、2022年3月29日

ルは、走ったり、物をならべかえたり、人とおしゃべりするのが上手です。子どもはみんなそれぞれですね。

二人とも愛しています。

「一年後、わたしはハルキウのアパートで、ヴォロディーミルとヴィクトルに再会した。二人の祖父母も一緒に暮らしていたが、スタニスラーウは、その日、ダーリヤの墓石を選びに出かけていて不在だった。ヴォロディーミルは歩けるようになり、おもちゃの戦車で遊んでいた。ヴィクトルは客が来たことで興奮し、せまい部屋を走りまわった。わたしは彼らの歓迎ぶりに元気をもらったが、もう一年もたったことに、そして、ほとんどなにも変わっていないことにショックを受けてもいた。状況は、毎日、少しずつ改善していたのかもしれないし、そうでなかったのかもしれない……」

LIZA, 26

Captain, twin sister
KYIV

リーザ　二十六歳

大尉、双子

〈キーウ〉

リーザの職場はキーウのアルセナーリナ駅近くにあった。駅の名は、古くからその地区にある兵器工場に由来している。中が見えないガラス戸の入口から建物に入ったわたしは、リーザの案内にしたがって階段を上がり、長い廊下を歩いていった。ソ連時代を思わせる天井の低い廊下には満足な照明がなく、窓ガラスには黒いシートが貼られている。

一階には今風のフードマーケットがあり、スムージーやアペロール・スプリッツなどの飲み物や、グルメなストリートフードの売店がならんでいたが、二階のリーザのオフィスに入ると、タイムゾーンごとの時刻を表示するデジタル時計があり、ベージュの壁には世界地図が貼ってあった。簡素なオフィス家具のほかに、簡易ベッドと大きなコンピューター・モニターが二つある。「おかしいでしょう？」リーザは言った。「楽しそうにさわいでる人たちの声が下から聞こえてくるのに、わたしはこの部屋にこもって夜勤を始めるんだから……夜勤は夜八時から翌朝八時まで。あれがわたしのベッド」彼女は机のすぐ横にある折りたたみ式のベッドを指さした。

リーザはジトーミル軍事大学で軍事情報について学び、成績がもっとも優秀な学生に贈られる「赤い卒業証書」をもらって卒業した。現在は、軍の大尉としてウクライナ国立宇宙機関に勤めている。毎晩の仕事は、ウクライナ東部全域の衛星画像を撮影すること。そして、アメリカやアルゼンチン、ヨーロッパ諸国と連携し、戦車の動きをとらえた画像や位置情報をウクライナ軍に提供することだ。軍は、それを分析して戦闘に役立てる。

（二〇二三年三月十日）

リーザの話

ここの職員はほとんどが男性です。四、五十代の人が多いですね。わたしがこの仕事に就いたのは二十二歳の時でした。みんなやさしくしてくれるけど、なんだか妙な気分です。友人たちはデザイナーやミュージシャンやＤＪになってるのに、どうしてわたしはここで、こんな仕事をしてるんだろう、って。

この戦争が始まった時、同僚はいっせいにキーウをはなれました。軍に所属する職員が百人、それ以外の職員が二百人いたんですが、全員、ウクライナ西部のリヴィウ近くにある国立宇宙機関の別の事務所に移ってしまって、残ったのはわたし一人。上司からは一緒に来てほしいと言われたんですが、わたしはキーウをはなれません、と答えました。

まあたしかに、あの時はみんなどうしたらいいかわからなかったから、しかたなかったと思います。なにをすべきかだれもわからなかったし、こうしたほうがいいと言える人もいなかった。だとしても、それぞれが自分にできることをやらなきゃいけない、と思いました。それに、わたしにはルスランという双子のきょうだいがいて、やはり軍人で同じ大尉なんですが、ルスランをおいてキーウをはなれたくありませんでした。

わたしが所属する部署は、全員がコンピューター・プログラムや情報分析にたずさわっていて、体を張る仕事じゃありませんし、銃をもつ人もいません。この仕事をしているかぎり、実際に戦わなくていい。でも戦争が始まると、自分の仕事が、戦場にいる人たちにとって、今までより意味の大きい、重要なものになったと実感しました。彼らは命の危険をおかしている。だからわたしもそれに、ええと……［彼女はものすごい勢いでキーボードを打ち、翻訳アプリで言葉をさがした］……鼓舞されて、今まで以上に働いています。

わたしはモスクワ出身です。わたしはモスクワ生まれで、母はカフカス地方のチェチェン近くの出身です。わたしが母とルスランの三人でロシアをはなれたのは、三歳の時でした。

母は、今はウクライナを出て、ウェールズでボーイフレンドと暮らしてます。もう八か月になるかな。あれ、まちがえました！　そのあと戦争が始まったんだから、もう、一年半になります！

彼らは命の危険を
おかしている。
だから……

「やがて父親の話になり、リーザは再びパソコンにウクライナ語を打ちこんで英語でなんと言うかさがした。その言葉を彼女が口に出す前に、翻訳アプリが表示した単語が目に入り、ああ、父親のことはきくんじゃなかった、と思った」

過剰摂取、でした。薬物の……。モスクワで別れてそれっきり。もうずっと前、わたしが二歳のころです。父とはむずかしい関係になってしまって。母から、父方の親戚と口をきくなと言われたことはありませんが、もう、連絡したいとも思いません。母は父を愛していたし、今でもまだ愛してると言ってます。だれかを本気で好きになったのは、父が最初で最後だった、って。今になっても……。

ロシアには祖母もいますが、ロシアの親戚とはもう連絡をとっていません。とろうとしたんですけどね。でも、みんな……ロシア政府のプロパガンダを信じてるみたいで。わかるでしょう？　あなたたちはほんとうのことを知らされてないんだって、いくら言っても聞く耳をもちませんでした。ジョージ・オーウェルの『一九八四年』を読んだらわかるけど、まさにあの感じ。わたしの祖母なんか、ウクライナの人たちが恐ろしいことをやってると信じきってます。ウクライナ人は赤ちゃんを食べると思ってるんだから！　でも、いいんです。も

残ったのはわたし一人

う親戚とは思ってないし。ルスランはまだみんなと仲よくしてるけど、わたしは無理です。

「わたしはリーザに、結婚しているのか聞いてみた。すると彼女は笑みを浮かべ、手を口もとにあてて、内緒話をささやくような仕草をしたかと思うと、声をあげて笑いだした」

いいえ、わたしは同性愛者です。でも軍では、それはすごくまずいことで、大問題になります。ウクライナでは同性愛は禁じられていませんが、もしそうだとわかったら、わたしは昇進できなくなるし、重要な仕事もまかされなくなる。みんなからは、どうして結婚しないいんだ、彼氏はいないのか、って、しつこくきかれますけどね。

「リーザと話しあい、いったんは、この本には仮名で載せようということになったが、リーザはすぐにそれを打ち消し、誇らしげに言った。「いいえ！　やっぱり、実名も性的指向もそのまま載せてください」その言葉には、なににも屈しない彼女の強さが現われていた。結局は、このまま軍にいても自分の将来はひらけないとわかっているのだろう。インタビューを終えて階段をおりながら、リーザは夜出かけるのにおすすめの店を教えてくれた。いくら戦争中でも楽しまなきゃ、と」

SERHII, 21

Medical student

KHARKIV

セルヒイ　二十一歳

医学生

〈ハルキウ〉

ハルキウの地下鉄のホームで見たのは、第二次世界大戦について書かれた歴史の本に出てくるような光景だった。大戦から一世紀近くたったヨーロッパで、ロシア軍の砲撃から身を守るため、何千人もの人々が地下鉄の駅で寝泊まりしている事実に、わたしはひどく動揺していた。

ハルキウ市内にある地下鉄駅「23セルプニャ」を訪れた時のことを説明しよう。わたしはまず、写真は絶対に撮影しないという条件で駅に入る許可をもらった。駅は地下十五メートルの深さにある。領土防衛隊の兵士が警備している、ソ連時代の建造物を思わせる重そうな両びらきの扉をぬけると、気温がぐっと下がった。構内には鼻をつくいやなにおいがただよっていた。兵士たちにたずねると、昼間はかなり閑散としているらしい。それはここで寝起きしている人たちが、外に出て、世界がまだ存在しているか、そして自分の家がまだ建っているか確かめに行くからだそうだ。だが、日が落ちると、プラットフォームは四百人を超える人たちでいっぱいになった。ほとんどが子どもづれの女性で、ペットをつれている年配者もたくさんいる。わたしは、そんな人たちが、共同寝室にはふさわしくないこの場所で、それぞれの寝床に落ちつくのを見ていた。

　ホームの両側には、青と黄色のツートンカラーの列車が停まっている。車内やホームの端から端まで、さらに階段の上も、色あざやかなパッチワークでおおわれているかのようだった。ウクライナの人たちが自宅からもってきたマットレスやシーツ、枕や毛布がびっしりしかれている。ロールマットやペットを入れたキャリーケース、クッションの下には、石張りの床の冷たさがじかに伝わらないように木製のパレットがしいてあった。

　二十一歳の医学生セルヒイは、ゴミ置き場として使われていた部屋で、急造の診療所を開設していた。診察室には、スツールひとつと聴診器、果物が入っていた箱がいくつかあるだけだ。どの箱にも薬がつまっている。「これは『頭』、こっちは『胸』、バナナの箱は『子ども』用。『とっておき』と書いてあるのは抗生物質です」そう言ってセルヒイは笑ったが、冗談を言っているわけではなかった。セルヒイは、この駅にとどまり、人々の治療にあたることを使命として引きうけたのだ。ロシア軍に捕まれば、若い男性である彼の身になにが起きるかを考えると、それはとても勇気ある決断だった。

（二〇二二年三月三十一日）

セルヒイの話

セルヒイ、二十一歳です。

はい、ここではなんでも診る医者ですが、ハルキウ国立医科大学の学生です。

地下鉄の駅で暮らしはじめたのは、戦争が始まった日、二月二十四日でした。

家族は別の町にいます。南部のミコラーイウの近くですが、ぼくは今ハルキウをはなれるつもりはありません。五歳の時からここを出たことがないし、ここはぼくの町だから。

ここにいて、できることをするのが自分の使命だと思っています。

毎日、急患がありますから、とても大事な仕事なんです。たとえば、アナフィラキシーによるショック症状を起こす人や、心拍数が上がるなど、心臓の異常を訴える人たちがいます。そして火傷の手当は、ぼくがやらなければならない一番むずかしい処置です。また、この駅には急性気管支炎や肺炎の子どもたちが大勢いますし。

そうなんです、ここはとても寒いので、そのせいでいろいろな症状が出ます。この駅には、生後一か月の赤ちゃんもいるんですよ。二月二十五日に病院で生まれて、その後、ここへ来ました。ディアーナ

ここにいて、
できることを
するのが
自分の使命だと
思っています

という女の子です。

人手が足りてません。ぼく一人ではまにあわないんです。一人、手伝ってくれる人がいるんですが、患者さんが多すぎて、三、四人はほしいですね。今は、診察できる医者は二人しかいません。幼いころから医者になるのが夢でしたから、とくにそれ以外の動機は必要ありません。この仕事が好きだし、ぼくにできることですから。

ここは、前はゴミを集めておく部屋だったんですよ……ゴミ捨て場でした。正直、ぼくは生まれてからずっと、この時のために準備してきたんじゃないかと思っています。こっちの箱は風邪やインフルエンザの薬、これは胃薬、あっちは心臓病の薬です。もとはリンゴ箱でしたが、中身は食べちゃいました！『とっておき』の箱には抗生物質がたくさん入っています。子どもが多いので、小児用の薬もたくさんあります。こいつはぼくの食料を入れておく箱。これはインシュリン、この中では一番高い薬ですね。五人、いや六人かな、糖尿病の人がいるので。コロナに備えてマスクはたくさんあるんですが、検査キットがありません。コロナ患者は毎日出ますが、それよりもっと大変なことがたくさんあるので。

地下鉄駅での避難生活

地下鉄、23セルプニャ駅、ハルキウ、2022年4月1日

プラットフォームでの日々
ボルシチの配給にならぶ人々
地下鉄、23セルプニャ駅、ハルキウ、2022年3月31日

プラットフォームでの日々

地下鉄、23セルプニャ駅、ハルキウ、2022年3月31日

101　セルヒイ　二十一歳

ANTON, 25

Helicopter pilot

POLTAVA

アントーン　二十五歳

ヘリコプターパイロット

〈ポルターヴァ〉

わたしはポルターヴァでアントーンに会った。特別に面会を設定してくれたのは、ウクライナで戦争を取材している記者たちの窓口を務めるヴィターリイだ。アントーンはヘリコプターパイロットで、ポルターヴァ空軍基地でMi-17、Mi-24というヘリコプターを操縦している。第十八独立陸軍航空旅団の大尉だ。アントーンはこう言った。「ふつうの暮らしを望んでいました。家を建て、庭に木を植え、息子の成長を見守る……」操縦技術がアントーンのレベルに達するには長期にわたる訓練が必要なので、パイロット一人ひとりが、ウクライナ軍の戦争遂行に欠かせない貴重な人材だ。したがって、彼の身の安全を考慮し、名前と年齢以外の個人情報をたずねることは許可されなかった。軍の広報官であるヴィターリイは、「攻撃ヘリのパイロットの価値ははかりしれません。軍のパイロット養成学校を卒業しても、戦闘任務に就くには、さらに経験を積む必要があります」と言った。

　本格的な侵攻が始まって以来、アントーンは百回以上にわたってバフムート上空を飛行し、ロシア軍の前進を食いとめるために、地上軍を支援してきた。「申しわけありませんが、

今はこれといったことはなにもお話しできません」アントーンは言った。「わたしの任務は非常に危険で、困難ですが、それがあたりまえになってしまいました。もちろん、ウクライナ軍が勝利し、こんな悲惨(ひさん)な出来事が早く終わることを願っていますし、おだやかで楽しい日常がもどってくることを望んでいます」

（二〇二三年三月二十日）

第18独立陸軍航空旅団、Mi-17ヘリコプターの補修
ポルターヴァ、2023年3月20日

OLEG, 26

Football fan, volunteer medic

KHARKIV

オレーフ　二十六歳

サッカーファン、志願兵、救護要員

〈ハルキウ〉

オレーフは二十六歳、あるサッカークラブの「ウルトラス」を自認する熱狂的サポーターで、アーティスト、そして本の蒐集家だ。夢は書店併設のレストランを経営すること。オレーフはそう言って、気に入っている店の設計図を何枚か見せてくれた。

ウクライナ軍の軍服や過激サポーターというイメージと、「アーモンド」と名づけたハムスターを腕に抱くオレーフの姿とはギャップがあった。オレーフは、ＡＫ‐47の上でうずくまっている、交際中の女性からのプレゼントだというハムスターにむかって、「おまえ、太りすぎだぞ」と親しみをこめて話しかけた。

（二〇二二年四月四日、二〇二三年七月三十一日）

オレーフの話

二月二十四日の朝五時、爆発音で目がさめた。最初は雷かと思ったが、すぐに、戦争が始まったんだとわかった。市の外にある軍事施設(しせつ)がミサイル攻撃(こうげき)を受けたんだ。おれのアパートはハルキウ市のサルティーウカ地区のはずれにあるんだが、そのあたりが市内で一番大きな被害(ひがい)を受けていた。だから荷物をまとめて両親の家へ行き、二人をつれて、今度は市の中心部にあるもう少し安全な場所へ行った。両親はそれから数か月、そこで暮らすことになった。

戦争が始まるのを予想していたかときかれたら、そうは言えない。でもたしかに、身のまわりにいろいろ前兆があった。開戦の数日前、おれはどうしたものかと思ってた。もうじきすべてを変えてしまうようなことが始まるんなら、ふつうの生活を続ける意味があるんだろうか、ってね。そして、二十四日の朝、ああ、やっぱりな、って思ったよ。一瞬(いっしゅん)で、それまで心配だったことや大切だったことのほとんどが、もうどうでもよくなった。

もちろん、最初は怖(こわ)かった。ものすごい爆発音(ばくはつおん)だったし、どこをねらって撃(う)ってるのかわからなかったからな。それからアドレナリンがどっと出て、力がみなぎってきた。考えてる時間もなかったし、すぐに行動する必要があった。その後、家族と一緒(いっしょ)に安全な場所に移動して、やっといくらか安心したよ。でも、今考えると、だれもが極度の緊張(きんちょう)状態にあったと思う。だって、それまでの生活を根

それまで
心配だったことや
大切だったことの
ほとんどが、
もうどうでも
よくなった

こそぎ変えなきゃいけなかったんだから。

ウクライナから出るかどうかについては、まったく迷わなかった。国や町を守るために戦う覚悟は決まっていた。両親には、始まる前から何度か、国外へ逃げてくれと言ったことがあるが、よそへ行きたがらないんだ。その考えは尊重してるし、受けいれている。なぜって、二人もこの戦いに参加して、できることをやってるからね。ジャーナリストの取材を手伝ったり、困ってる人を助けたりしてるよ。

シマー・ポールキャッツ・クルー（SPC）は、FCメタリスト・ハルキウというサッカーチームを熱狂的に応援しているウルトラスのひとつで、イングランドで言うところの「ファーム」〈訳注・いわゆるフーリガンのグループをさす俗称〉だ。二〇〇九年から活動してる。おれたちはチームを積極的にサポートしてきたし、アウェイの試合にも行き、さわぎを起こしたり、落書きしたり、サポーター同士のけんかにも加わってきた。二〇一四年のロシアとの衝突以来、すでにウクライナのウルトラスは、もっとも強力な愛国的サブカルチャーのひとつだってことを示してきた。多くのサッカーファンが、即戦力として軍の屋台骨を支えてきたんだ。うちのチームも例外じゃなくて、仲間の多くが十四歳から軍事行動に参加してる。二〇二二年の今も、たとえ別の部隊で戦っていても、同じチームのサポーターだってことがおれたちをひとつにしてる。それぞれのやり方で仲間を支え、ウクライナの勝利のためにできることをやってるんだ。

もともとは、「シナー（Sinner＝ならず者）」にしたかったんだけど、エンブレムを作ったやつが英語のつづりをまちがえて「シマー（Simmer＝グツグツ煮える）」にしてしまい、しかたなくこの名前になった。で、心はチームへの誇りで「煮えたぎってる」って考えることにしたのさ。

おれは十三でウルトラスに入ったから、今じゃ仲間が第二の家族だ。もう何年も前からお互いを知ってるし、危ないことやヤバいことも一緒にやってきた。戦場では、顔見知りで信用できるやつがそばにいることが大事だ。しょっちゅう思うよ、これまでサッカーでやってきたことは、戦争が始まった時のための準備だったんだってね。

二〇一七年に、ホスピタラーズっていう救急医療のボランティア組織で基礎訓練を受けた。二〇一四年にウクライナ国内で戦闘が始まった時、ヤーナ・ジンケヴィチが設立した組織だ。おれたちはいろんな場面で、各部隊が前線から負傷者を退避させるのを手伝う。SPCのメンバーで、ホスピタラーズに入ってキーウの中隊に配属されてた連中がいた。そのあと、そいつらがハルキウに来たんで、おれも一緒に活動しはじめた。正式に入隊したのは二〇二二年の夏だ。同僚から教わったし、いろんな講座も受講した。おれは正規の衛生兵じゃない。じつは、負傷者を退避させる段階では、衛生兵は出ていかないほうがいいとされている。なぜなら、彼らは病院で多くの人命を救えるだけの知識をもつ、貴重な人材だからだ。そこで多くの場合、その穴を、基本的な医療処置の訓練を受けた兵士で

これまでサッカーでやってきたことは、戦争が始まった時のための準備だったんだ

埋める。おれたちはアメリカ式の最新のマニュアルにしたがって、常に知識を深めようとしてる。今は国民全員が、必ず応急処置の訓練を受けるべきだ。兵士も民間人も、全員がね。

戦闘地域では、声がかかったら負傷者を収容しに行ける場所で、常に緊張しながら待機する毎日が続く。何日も、なにもせずにただそこにいるだけのこともあれば、一日で何十人も負傷者が出ることもある。大変だけど、とても大事な任務だ。ホスピタラーズの同僚たちのことは尊敬してるし、誇りに思うよ。戦線のあちこちで、毎日、大勢の兵士の命を救ってるんだから。

おれたちは第九十二旅団に同行して、ハルキウ市の周辺から、ハルキウ州内のさらに国境に近い地域までカバーしていた。村の名前で言えば、マラー・ロハーニ、ヴィリヒーウカ、ソロキーウカ、シェスタコーヴェ、ペレモーハだ。

一度、こんなことがあった。戦闘が激しい地区から、時間のかかるむずかしい退避任務を遂行している時だった。負傷者を何人か運んでたんだが、その中の一人が、片脚を途中から切断されていた。おれは片手でそいつの胸を押さえ、もう一方の手で脚を押さえてた。移動中ずっと、おれは、もうすぐ着くからな、って何度もくりかえしてたんだが、そいつはよくわかっていて、見えすいたうそをつくな、そういうのは大きらいだ、って言っ

リーノク・スタリーフ・レチェーイ（ノミの市）で
中古品を売る人たち
ハルキウ、2023年3月12日

113　オレーフ　二十六歳

てたよ。でも、無事にその負傷者を送りとどけて、スウェーデンのホスピタラーズが飛ばしてる救急ヘリに乗せた。

一番気持ちが高ぶったのは、ハルキウ奪還(だっかん)の時だ。占領(せんりょう)されてた自分たちの領土が、行ったことのある町や子ども時代をすごした村が、解放されるのをこの目で見たんだ。すべての人に、そして敵に対して、ロシア軍はいつまでもここにはいられないと示せたのは、すごく大きかった。

大変だけど、
とても大事な任務だ

ハルキウ警察との夜間共同作戦

ハルキウ、2022年4月3日

NATA, 34 & ARTEM, 14

Screenwriter & son

MARIUPOL

ナータ 三十四歳 ＆ アルテーム 十四歳

シナリオライターと息子

〈マリウポリ〉

二〇二二年三月四日、マリウポリで戦闘が激しくなると、ナータは家族をつれて母親が暮らすアパートの地下シェルターに避難した。一緒に避難したのは五人。ナータと息子のアルテーム［右ページ挿絵］、ナータの母親、そして夫と夫の母親だった。二十五日後、そこを出たのは四人だけだった。

二〇二二年、人口四十万人あまりの、それまでほとんど知られていなかった都市、マリウポリは、数週間にわたって世界中のニュースの見出しを独占した。この町が悲惨な無差別攻撃を受けていることが報道されたが、その恐ろしさを想像するのはむずかしかった。ロシアによるにせ情報によって事実がおおいかくされ、ロシア軍による占領の実態を正確に把握することができなかったのだ。

しかし、ナータとアルテームにとって、それは実際に体験した出来事であり、気を引こうとして、わざと大げさに話したわけではない。二人はその日、だれにきかれても同じことを話しただろう。キーウのカフェで二人の前にすわっていたのが、たまたまわたしだったただけだ。

（二〇二三年三月七日、キーウにて）

ナータの話

二〇二二年三月はじめ、マリウポリの電気、電話、インターネット、水道、暖房、ガスが遮断されました。町と住民にとってのカウントダウンの始まりです。その時にはもう、わたしは夫と息子、夫の母親と一緒に、わたしの母のアパートに避難していました。自宅にいるのは危険だったから。はじめのうち、ロシア軍は、学校や商店、薬局やショッピングセンターといった、住宅以外の建物を砲撃していました。アパートはゆれて、壁から漆喰が落ちました。わたしたちは、毛布や椅子や、必要なものを入れたリュックをもって、地下室に避難しました。ひと晩はそこにいる必要があるだろうと思っていましたが、結局、ひと月いることになりました。

　地下室は暗くて寒かったです。短い廊下があって、そこから細い通路が四方に伸びていました。通路の左右は、列車の客室みたいに小さくくぎられているんですが、仕切り壁はなく、ふぞろいのコンクリートブロックが積んであるだけでした。天井は一メートル半くらいしかないところもあり、床には土やゴミや古いパイプが積みあがっていました。わたしたちは二区画を使わせてもらい、息子と夫の母親には、背中をもたせかけられるような場所を作って、二人で寝てもらいました。自分は段ボールを重ねてお尻の下にしき、夫は床の上でじかに寝ていました。

翌日、砲撃が激しくなりました。わたしたちは食料などの必需品をとりに行き、地下室にもちこみました。スツール二つがダイニングテーブルに、段ボール箱が食品庫になりました。地下室には、わたしたちのほかに全部で三十人くらいの人たちがいて、幼い子どもも何人かいました。アパート周辺の市街地は、地獄のような大混乱におちいりました。地下室の入口から見るたびに、立ちのぼる黒煙の数がふえていきます。軍は市民に、被害を受けた商店から食料や水をもちだすことを許可しました。みんな、命がけで通りへ出て、食料品をたくわえはじめたんですが、出ていったきり帰ってこれなかった人もいます。略奪を始める人たちも現われ、破壊されたショッピングセンターやスーパー、レストランやオフィスに、イナゴみたいにむらがり、もちだせるものはなんでももちだしていました。タイヤや自動車部品、建設資材、テレビや冷蔵庫や衣料品から金まで。

最初の一週間は、砲撃がやんでいるあいだに、様子を見て、食料品をさがしに地下室から出ていきました。そのころ食べていたのは、焼いたジャガイモ、パスタ、残っていた肉、缶詰です。食事は一日二回、少しずつ食べていました。でも、うちは五人いたので、すぐに食べるものがなくなりました。夫はときどき、砲撃を受けた店に食料が残っていないか見に行ってましたが、店はどこも空っぽのことが多かったようです。手に入れるのに一番苦労したのは水でした。

そうしたつらい状況が一週間以上続きました。ある日、目の前に飛行機が何機か近づいてくるのが見えました。先頭の飛行機が上空を飛び、アパートの前庭にミサイルを落としました。その時の爆発で夫は玄関ホールの中に吹きとばされましたが、奇跡的に、ギザギザになった金属製のドアにあたらず、死なずにすみました。この時の爆発で、建物の反対端にいた同じアパートの住人が、片脚を吹きとばされて亡くなりました。

みんなショック状態でした

二発目のミサイルはもっと近くに落ちて、アパートの正面部分を吹きとばしました。その時の轟音とガラスが砕けちる音、恐怖におびえる悲鳴は、今もわたしの耳に残っています。まだ自分の部屋にとどまっていた人たちが、あわてて地下室におりてきたんですが、みんなショック状態でした。裸の人もいれば、赤ちゃんを腕に抱いている人もいて、恐怖にふるえながら隠れる場所をさがしていました。みんな何度も、「やられた！　部屋が吹っとんだ！　なにも残ってない！」とくりかえしていました。

五階の部屋のドアがあかなくなっていました。中にいる人たちは助けを求めて叫んでいたのですが、その声はだれにも届きませんでした。少しあたりが静かになって、ようやく助けだされました。そのあいだも砲撃は続いていました。通りのむかいのアパートが空爆を受け、火災が起きて死者が出ました。シェルターの入口のドアがあかなくなり、数十人もの人がとじこめられていました。走って助けに行った男性の背中に爆弾の破片があたりました。ほかの人たちがやってきて、とじこめられていた住人たちを助けだしました。出てきた人たちの中に看護師さんがいて、彼女が、けがをした人の傷口を麻酔なしで縫ったんです。地獄のような夜でした！　わたしたちは、地下室の暗闇の中に何時間もすわったまま、爆発が起きるたびにおびえていました。いつまでも終わらない気がして……。

　まわりのアパートが、一棟、また一棟と、燃えてはくずれていきました。地下室から出ていくのは自殺行為でした！　少し前の攻撃で亡くなった近所の人の遺体を収容しようと思っても、建物のむこう端まで行くことさえできません。同じアパートの人が五人亡くなりました。みんなお年寄りで、地下室までおりられなかったんです。ある日、地下室の入口から外をのぞくと、自宅があるアパートが遠くに見えました。燃えていました。ああ、

これで帰る場所がなくなった、と思いましたね。泣きたいとは思いませんでした。感情を表に出すことにエネルギーを使いたくなかったんです。その時のただひとつの願いは生きのびることでした！　残っていた力は全部そのために使いました！　物なんて、もうどうでもよくなりました！

いつまでも
終わらない
気がして……

一番恐ろしかったのは飛行機の爆音です。飛行機が一機飛んでくれば、ミサイルが三、四発落ちてくるとわかっていました。みんな、自分のいるアパートにあたらないことを祈り、はずれるたびに胸をなでおろします。でも同時に、「はずれた」ということは、どこかのだれかの家に命中しているだけだとわかっていました。そしてそこにも、わたしたちと同じような人たちがいるのです。

その時期はちょうど、気温が零下十度にもなり、風が強くて雨や雪がふるころでした。もっている服を全部着て、毛布にくるまっていましたが、それでも寒かった。唯一のなぐさめは温かい紅茶です。お湯を沸かすには、激しい戦闘音が聞こえる中、何時間か薪を燃やさなければなりません。食べるものはわずかしかありませんでした。朝は、わたしが家族のために紅茶を入れ、オートミールを蒸しました。午後はクッキーをわけあい、夜はイワシの缶詰をあけます。お金を節約するために缶詰ひとつを五人でわけるのです。わたしたちは、ほとんど地下室から出ませんでした。口に入れるものはわずかで、人とあまり話さず、気が立って、いらいらしていました。お互いをはげましあう気力さえありません。動物的な恐怖心と本能だけで生きていました。ロウソクがなくなりかけ、溶け残った蝋で手作りしました。夫の母親は八十四歳だったので、

泣きたいとは
思いませんでした。
感情を
表に出すことに
エネルギーを
使いたく
なかったんです

あの状況で暮らすのはとくに大変でした。

「やめて！　こんな地獄は終わりにして！　もう、無理！」わたしはそう叫びたかった。

　ロシア軍は、わたしたちのいる地区への攻撃をひととおり終えると、目標を近くの別の地区に移しました。危険でなくなったわけではなく、外に出たらやられる可能性はまだありましたが、攻撃の回数がへりました。汚れて疲れきっていたけれど、わたしたちは少しずつ外へ出ていくようになりました。それでも入口からあまりはなれず、爆発音や飛行機の轟音が聞こえだすとすぐに、地下に駆けこみました。最初にしたことは、亡くなった人の遺体を集めて車庫の裏に運ぶことです。地面はかちかちに凍っていました。一体ずつ、アパートの裏庭に埋葬しました。

　薪が不足していました。ないと困りますから、みんなで集めました。見つけたら拾ってアパートに運び、冷たくなりすぎないよう、こわれた部屋の中に積んでおくんです。次に大事なのが水でした。あちこちさがしまわりましたよ。排水溝からくんできたり、雨水を集めたり、雪を溶かしたりしたんです。

　わたしたちは空腹でした。まだ少し食料は残っていましたが、節約しなければなりません。次、いつ手に入るかわからなかったからです。よくおぼえていますが、ある日わたしは、ある家のベランダで、凍ったジャガイモを見つけました。ジャガイモはぜいたく品でした。みんな、野菜はとっくに切らしていました。夫が水をさがしに行っているあいだに、

ジャガイモはぜいたく品でした

わたしはいくつか焼いてみることにしました。近くで砲撃が始まりましたが、わたしは、「もう、ここはねらわないだろう」と思っていました。みんな、走って地下室にもどりましたが、わたしは入口までもどって下にはおりず、「爆弾が焼き網に落ちませんように！　どうしてもジャガイモが食べたい！」そう、思ってました。そのうち、がまんできなくなって、わたし、走ってとりに行ったんです。

ドネック人民共和国の兵士たちが、何人かずつで近くを歩きまわるようになりました。初めてわたしたちのアパートの敷地を通りかかった時、兵士たちは、市内にまだこんなに大勢の人がいるのを見て驚いていました。だれかが、「おい、なんてことをしてくれたんだ！」と声をかけると、目をふせて、「いや、気をつけてたんだが、うまくいかなかったんだ」と答えました。でもそのうち、少しずつ態度が変わっていきました。乱暴にふるまいはじめ、全部わたしたちのせいだと言うようになったんです。

「インタビューの前に、ナータは証言をすべてメッセージアプリのWhatsAppで送ってくれていた。話がここまで進んだところで、彼女がつらい出来事を追体験せずにすむよう、もらっている文章を読ませてもらうだけでもいいですよ、と言ってみた。だが、それはまったくの考えちがいだった。ナータはむっとした表情を浮かべ、自分の口から言葉にして出さなきゃならない、マリウポリでなにがあったのか、多くの人に知ってもらいたい、と言った。この体験を自分の声で伝えることは、彼女にとって、とても大きな意義があるのは明らかだった。起きたことを広く知ってもらえると思うと、少し心が軽くなるのだろう」

その後、つらい出来事がありました。夫の母親の体調が悪くなったのです。あのような過酷な環境での生活に体が耐えられなかったのでしょう。わたしたちは、なんとかして彼女の命をつなごうとしました。町の医療体制は崩壊していました。病院はけが人の手当しかしてくれません。義母がパンを食べたがったことをおぼえていますが、その二か月前からパンは手に入りませんでした。夫は人道支援物資をさがしに出かけていきました。そして、暗くなるまでもどってきませんでした。帰ってきた時は血まみれで、頭に包帯を巻いていました。病院の近くで頭になにかがあたったらしく、傷口は病院で麻酔なしで縫ってもらったそうです。翌日、どうにか薬を買うことができ、支援物資も手に入りました。その中に、パンがひとつ入っていました。「母さん、パンだよ!」夫が声をかけましたが、もう手おくれでした。義母は息を引きとるところでした。夫は母親の手をにぎり、何時間も横にすわっていました。
わたしたちはまわりの人たちに声をかけ、義母の埋葬を手伝ってもらいました。お葬式も、ちゃんとしたお祈りも、それらしいことはなにもしませんでした。アパートの前庭、窓のすぐ下に埋めただけです。

　四月のはじめごろ、わたしたちは地下室を出て、わたしの母のアパートで夜をすごすことにしました。ドアはつかえてあかなくなると困るので、いつもあけっぱなしにしておきました。窓もガラスが吹きとばされないようにあけてありました。凍えるほど寒かったです。わたしは帽子をかぶり、厚手のスポーツウェアの上下を二枚重ねで着て、その上からタートルネックのニット、セーター、ジャンパーを着ていました。どれもひと月前に着たきり、一度もぬいでいませんでした。歯みがきは、水を節約するために二、三度しただけ。手はすすで真っ黒。手を洗うための水はありません。

　ある日、寒さにふるえながら帽子をぬぎ、髪にくしを入れたら、ごっそり髪がぬけ、くしに残りました。鏡は見ないようにしました。

　ある時、大雨がふったので、水がたくさんたまりました。手や顔を洗うのに、毎日、四人で一・五リットル使っていいことにしました。その水をとっておいて、あとでトイレを流すのに使いました。四月も半分がすぎようかというころ、わたしは汚れたままでいるのががまんできなくなり、体を洗うことにしました。台所でボウルに入れた水で洗ったのですが、凍えるほど冷たくて、水は黒くなりました。

毎日が同じことのくりかえしでした。六時に起きて、アウトドア用のグリルに火をおこし、お湯を沸かして、なにか食べるものをこしらえ、薪を集め、食料をさがしに出かけるのです。「メトロ」［ショッピングセンターの名前］の正面駐車場は、食料品や人道支援物資、炊事車両、薬や水を積んだトラックが、まず最初にやってくる場所でした。初めてそこまで行った時は大変でした。焼けたり、こわれたりしている家や、黒焦げの車やバス、裂けたタイヤ、地面の穴やがれきのあいだを縫っていかなければならなかったからです。あちこちの家の前庭に十字架が立っていました。でも、中でも一番いたたまれなかったのは、いたるところに建物の残骸があり、その下に死んだ人たちが埋まっているのがわかっていたことです。わたしは吐きそうになりました。

「メトロ」に着くと、そこもまたひどい状況でした。ゲートの外に何千人もの人たちが立っていて、みんな、頬のこけた青白い顔をしているし、髪は伸びほうだい、服はよれよれでした。目に苦しみと死の影が浮かんでいるんです。列ができていて、人道支援物資の列、食料品を買う人の列、薬の列がありました。どの人も、手に数字が書いてあります。わたしたちは食料品の列を見つけて番号をもらいました。六四二番でした。ゲートがあくと、みんなトラックに殺到しました。ころぶ人もいました。兵士たちが空にむかって発砲しはじめたんですが、それでも、みんな走ってました。夕方になって、五時間ならんでなにも手に入らなかった時、みんながなぜ走ったの

目に苦しみと死の影が浮かんでいるんです

かわかりました。

そのころの市内の食料事情は最悪でした。月に一度、ロシア側の占領当局から、小さなパンがひとつ、水五リットル、肉の缶詰が四つ、そのほかの缶詰が四つ、コンデンスミルクが二缶、パスタとオートミールのレトルトパックがいくつか、砂糖、小麦粉、ヒマワリ油が配給されました。悪くないと思うかもしれませんが、一か月、それだけ食べてみてください。パンは二、三日でなくなるし、シチューはまずくて、イワシの缶詰はもっとまずかった。パスタはゆでてあるし、コンデンスミルクは食べられたものではありません。

そのおかげで飢え死にせずにすみましたが……

もちろん、そのおかげで飢え死にせずにすみましたが、ひと月地下室暮らしをしたあとなので、まともなものを食べたくてしかたありませんでした。唯一、それを手に入れられるのが業者のトラックで、お金をはらわなきゃなりません。パン、ソーセージ、牛乳、クッキー、バターなどを売っていました。でも、買いに来た人全員に行きわたるだけの量はありません。売るほうは一人が買える量を制限しませんから、早い者勝ちです。三日目にようやく、わたしたちも走っていって、ソーセージが一本買えました！　値段は高くなっていて、現金しか受けとってくれません。業者は足もとを見てくるし、横柄でした。「文句があるなら列のうしろにならびなおせ！」ってどなるんです。だから、ソーセージやパンが買えますようにと思いながら、一日だまって列にならんでいました。

　ある日「メトロ」で、フェニックスのスマートフォンがくばられ、何千人もの人が列を作りました。機関銃をもった兵士に身体検査されました。スマホを充電するには、また長さ一キロにもおよぶ列にならぶしかありません。四月十七日、わたしはようやくインターネットに接続できました。「メトロ」に行かないとつながらなくて、二十回くらいやってみたと思います。メッセージがひとつずつ入ってきました。

　みんな、わたしのことをおぼえていてくれたのです。みんな、わたしをさがしていました。その瞬間、ああ、わたしは生きのびたんだ、と実感しました。そして、マリウポリを出ることにしました。そうと決まれば、あとはいつ出るか、ですが、そう単純な話ではありません。

　わたしたちはロシアの占領地域にいたので、ウクライナ側に入るには、個人で手配した交通手段で、十五か所あるロシア側の検問所を通過しなければなりません。その時はもう、砲撃で破壊されて、うちには車がありませんでした。ですから、奇跡を待つしかなかったのです。その後、避難についての情報が入ってきました。指定の時刻に集合地点に行くと、すでに二百人くらいの人たちがバスを待っていました。子どもや年金生活者、体の不自由な人たちもまじっていました。でも、バスは来ず、一両のＡＰＣ［装甲兵員輸送車］がやってきました。そのＡＰＣからロシア兵が出てきて、ビデオカメラを回しはじめまし

みんな、
わたしのことを
おぼえていて
くれたのです。
みんな、わたしを
さがしていました

た。そして、「警報！　警報！　ミサイル攻撃の恐れあり！　ただちに退避せよ！」とどなりはじめ、それをずっとくりかえしていました。何メートルかさがる人もいましたが、ほとんどの人たちは、びくびくしながらその場にとどまっていました。

　その間ずっと、兵士たちは近くの検問所でだまってタバコを吸っていました。「メトロ」では、何千人もの人が列を作ったままでしたから、わたしたちだけがいやがらせを受けていたんです！　ウクライナ領に行きたがっているという理由で！　ロシア兵がいなくなると、全員またバス停にもどり、夜まで待ちました。みんな心の底では、その日はもうバスは来ないとわかっていました。

　次のチャンスは四月二十五日でした。知りあいから、代金をはらえばベルジャーンシクまで車に乗せていってくれる人がいる場所を教えてもらったんです。「八千フリヴニャだ」とドライバーは言いました。「二時間でベルジャーンシクだぞ！　出発だ！」ふだん、わたしたちは衝動的に動くほうではありませんが、この時は行くことにしました。なぜなら、マリウポリは閉鎖されるといううわさがあったからです。ドライバーは大半の検問所を迂回し、未舗装の道を走り、人気のない墓地をぬけ、おきざりにされた車の横を通りすぎていきました。そして途中で止められることなく、車はついに、ベルジャーンシクに入りました。そこはまるで別世界でした。ドライバーはわたしたちをホテルまで送ってくれて、市内からザポリージャ行きのバスがほとんど毎日出ている、とうけあってくれました。わたしたちは、とりあえずひと晩、まともな部屋ですごし、翌日、また移動することにしました。

雪のように白いシーツや電気ポット、蛇口から出る水、清潔なタオル……。それまでの生活がうそのようで、とりわけお湯のシャワーを浴びられたことが、この上ない幸せでした。二か月ぶりに体が温まり、きれいになったのですから。翌日、ザポリージャ行きのバスが二週間前から走っていないことがわかり、わたしたちはそのままベルジャーンシクにひと月近く滞在しました。

占領下の町での暮らしは楽ではありません。物価はとてつもなく高騰していて、商店の棚は空っぽです。カードが使える店は少なく、現金を引きだすのに十五パーセントの手数料をとられました。二週間後、赤十字の避難車両の車列がアゾフスターリ製鉄所からやってくるといううわさが流れました。車列はルナチャルスキー・リング「ベルジャーンシクからそれほどはなれていない場所」を通り、避難を希望する人を乗せてくれると思われました。初めて訪れた避難のチャンスです。市街地の外にある道路に、五百人を超える人たちが集まり、一日中待っていました。車列はアゾフスターリ製鉄所からこちらにむかっていて、まもなく到着すると知らされました。みんな、数時間後にはザポリージャだ、と思

占領下の町での暮らしは楽ではありません

いながら待っていました。ところが、避難車両の列は停車せずに通りすぎてしまいました。バスが十台走っていきました！　そのうち三台は空で、残りは三分の一くらいしか席が埋まっていなかったのに……。わたしたちは意気消沈してベルジャーンシクにもどりました。

二度目は、赤十字のマークをつけた六台のバスでの避難です。料金は一人二千フリヴニャでした。検問所が十五か所ありました。そのたびに、男性は外におろされ、身体検査されます。残るロシア側の検問所はあと三つというところで、バスはヴァシーリウカの手前の幹線道路で止まりました。ザポリージャまで五十キロのところです。わたしたちの乗ったバスは、車列の六十七番目でした。その日のうちに列は三百台まで伸びました。乗用車もバスも、一台も通行を許可されませんでした。

わたしたちは、そのまま、道の上でひと晩すごしました。千人以上いたと思います。水と食料はもってきた分だけ。トイレは茂みにおおわれたシェルターの中にありました。ときおり遠くから戦闘音が聞こえてきます。夜になり、音が激しくなりました。耳をつんざくような砲声で目をさますと、夜空は雷雨の時のように光っていました。人々はパニックを起こし、バスや車から走りでて、近くの小さな谷に隠れました。仕返しになにかされるかもしれないと思い、みんなびくびくしながら腰をおろしていました。二日目、さらに五百台の車が列に加わりました。あるバスに乗っていた女性が亡くなりました。心臓発作でした。その日も道に停めたバスの中で夜をすごしました。雨がふり、状況はさらに悪くなりました。

　次の日、わたしたちは三度目の脱出を試みました。前日、ＳＮＳで、個人の乗用車を使って、四人の避難を二万四千米ドルで請負うという広告を見つけたのです。その日の朝、わたしたちを乗せた車はヴァシーリウカをめざしました。その日のうちに、およそ二百台の車がまた集まり、ほかに野菜を積んだ十五台のワゴン車もいました。そういう状況を隠すために、車列は検問所から少しはなれた、砲撃で破壊されたガソリンスタンド近くに移動させられました。この日も、一台も検問所を通ることをゆるされませんでした。わたしたちはまた、路上に停めた車の中で一夜をすごしました。三人は後部座席で寝ていましたが、わたしは寝ませんでした。ドライバーの迷惑にならないよう、猫を抱いていたんです。猫は三十分おきに外に出たがります。車を汚すといけないから外に出してやると、猫は狩りを始めました。

　翌朝、これから五日間は、だれもここから先へは行かせてもらえないらしい、という話を耳にしました。ドライバーは、別のルートで、たとえば畑の中をぬけて行ってみないか、ともちかけてきました。でも、わたしたちは危険すぎると判断しました。あちこちに地雷が埋まっていたからです。つい二、三日前に、そういう抜け道を走っていた車が、地雷をふんで吹きとばされたばかりでした。そこで、もうひと晩、幹線道路に車を停めて眠れな

わたしの体はぼろぼろで、歩く時はみんなゾンビのようでした

い夜をすごすことにしました。次の日の朝には、まともなものを食べたくてたまりませんでした。近くに住んでいる人たちが、ソーセージを一キロ三百フリヴニャ、パンを三十フリヴニャ、質の悪い紙巻きタバコを百フリヴニャ、五リットルの水を六十フリヴニャ、スニッカーズを百フリヴニャで売りにきました。ドラ道に停めた車の中で三日目の眠れない夜をすごしました。ドライバーはいらいらしていました。わたしたちはどうにか彼を説得し、もうひと晩、待ってもらうことになりました。そして、四日目の夜のことです。わたしの体はぼろぼろで、歩く時はみんなゾンビのようでした。ドライバーが言いました。「もうたくさんだ。ここまでする約束じゃない。あと二、三時間したら、おれは家に帰る！　一緒に乗っていくか？」一家四人が、スーツケースや猫と一緒に道路脇にとりのこされるのはとても不安でしたが、それでも、もどるつもりはありませんでした。その後、わたしたちは思いがけない幸運に救われます。車が帰っていったあと、駐車場を歩いてまわっていると、半分しか席が埋まっていないマイクロバスが見つかり、四人そろって乗ることができたのです。

三十分後、駐車場で人の動きがありました。ダゲスタン人〈訳注・ダゲスタン共和国はロシア連邦に属するカスピ海西岸にある国。国民の九割がイスラム教徒〉が数人、鉄道の信号所からやってきて、紅茶と煮こみ肉の入ったオートミールをくばってくれました。みんなおな

かをすかせていたので、五分ほどで食べてしまいました。満足できる量ではありませんでした。すると、ロシア兵たちが、ウクライナへ行くな、とわたしたちを説得にかかりました。ロシアへ行ったほうがいい、と言うのです。それでも、最後には、午後五時に十台の通過を許可すると約束しました。それはうそではありませんでした！ 午後五時ちょうどに、最初の十台がヴァシーリウカに入っていきました。七時半、わたしたちのバスが動きはじめました。検問所を二つ通ってヴァシーリウカに入ると、三つ目の検問所で、五百メートルもどって、もう一日待てと言われました。そのどっちつかずの場所で、わたしたちは夜をすごしました。路上ですごす五回目の夜です。わたしたち十台の車が停まっているのは交戦地帯でした。すぐ横には爆弾が落ちたばかりの穴がありましたし、まわりは焼け焦げた車両にかこまれていました。でも、あまりに疲れていたので、もう怖がる力も残っていませんでした。

　翌日は、時間がのろのろとすぎていきました。ようやく、午後五時になって、わたしたちは進むことをゆるされました。数キロ走ったところで、やっとウクライナ軍の勢力圏に入ることができたのです！

あまりに
疲れていたので、
もう怖がる力も
残っていません
でした

ANDRII & OLEKSANDR

40th Artillery Brigade

NEAR KUPYANSK

アンドリイ＆オレクサンドル

第四十砲兵旅団

〈クープヤンシクの近く〉

ロシア軍が展開している地点まで八キロ。ぬかるんだ細いふみあとが、収穫されていないままのヒマワリ畑をぬけ、湿り気を帯びた薄茶色の風景のむこう、四百メートルほど先に見える背の高い生垣の中へ続いていた。少し遠くからだと、その先になにがあるのかよくわからない。しかし近づいてみると、人がいることを示すものがいくつか見えてきた。数週間にわたる瀬戸際の生活のあとがあたりに散らばっている。そして、下のほうから第四十砲兵旅団の兵士たちの声が聞こえ、深さ二メートル近い掩蔽壕〈訳注・敵の攻撃から身を守るために、地面を掘りさげて覆いをつけた施設〉におりていくための汚れた階段が見えた。中に入ると、天井は木の幹をならべ、その上を土で分厚くおおって作ってあることがわかった。敵のドローンに見つからないようにするためだ。足もとには空の燃料缶やこわれた木製パレット、空薬莢が散らばっている。ここでは戦闘以外のことに使う時間がないのだろう。必要不可欠なこと以外、なにかする余裕などないのだ。状況から考えて、少しでも油断すれば命とりになる。

アンドリイ、オレクサンドル、コスチャンティーン、そしてヴィターリイが、掩蔽壕の奥でわれわれを迎えてくれた（もう一人の兵士は、取材中ずっと寝ていた）。壕内には電球がひとつ灯っているだけで、天井は低く、だれも背筋を伸ばして立てない。冬、車のフロントガラスをおおうのに使うような銀色のシートが土の壁に打ちつけてある。調理用の小さなテーブルがひとつ、四方の壁にはベッド代わりの寝棚が作ってあり、兵士たちはみな、そこで眠るのだろう。足もとには汚れたままの鍋がいくつか、そのそばに使いさしのウェットティッシュの容器がころがっている。カラシニコフ自動小銃の横に積まれた小さな薪の山が、燃やされるのを待っていた。

しかし、なにより、壕の中のにおいが、世間一般のルールや優先順位が通用しないことを示していた。よそでは味わったことがない強烈な空気感で、まるで異次元の世界にいるようだ。ここでは、一日を測る唯一の単位は、その日の終わりに生きていることであり、あれこれ考えるより早く眠りに落ち、すべてからのがれることなのだ。

タバコの煙が充満する壕の中を見まわすと、アドレナリンを感じる。そう、アドレナリンこそ、その日を乗りきるための特効薬だということが、とくに一人の兵士の、大きく見ひらかれた、さぐるような、苦痛に満ちた目の中にはっきり現われていた。その兵士、アンドリイは、わたしにむかって話しだした。

（二〇二三年三月十五日）

アンドリイの話

今朝、着弾があったから、おれたちはみんな、ちょっとぴりぴりしてる。この壕の中にいたのに、ものすごい衝撃で壁にたたきつけられたよ。

おれはロシア人が大きらいだ。やつらは、いとこのジーマを殺した。ジーマはアゾフ連隊〈訳注・二〇一四年、親ロシア派勢力に対抗する義勇軍として発足。その後、ウクライナ国家親衛隊に編入。名称は、ウクライナ南部のアゾフ海沿岸地域での活動にちなんだ通称〉に入ってた。まだ若くて、いいやつだったのに。うちは両親が早くに死んでるから、家族は兄と姉〈訳注・または弟、妹〉が一人ずつ、あとはいとこたちだ。それから、妻と八か月になる息子がミコラーイウ州に住んでるが、おれはここにいる。ロシア人はおれたちを殺してる。おれもいつ死ぬかわからない。十二月に六日間家に帰ったけど、それだけだ。

オデーサの大学で科学技術を専攻してたんだが、二〇一四年に戦争が始まってすぐに入隊した。クリチーツィキー大隊に配属されて、ポパースナやピスキー〈訳注・ウクライナ東部の地名で、それぞれルハーンシク州、ドネツク州にある〉にいたんだ。弾薬技術将校を六年務めたあと、このクープヤンシクに来た。年は二十八だけど、戦歴は長い。

正直に言おう。この戦争は二〇二三年中には終わらない。なぜか？ たとえ反撃に成功して、やつらを押しもどしたとしても、その先何年かは、軍が国境にとどまらなきゃならないからだ。そして、プーチンが死んだとしても、だれか代わりが出てくるだろう。

プーチンが死んだとしても、だれか代わりが出てくるだろう

「アンドリイが話しているあいだ、暗い壕の中で議論が交わされていた。真剣なやりとりのようだった。すでにロシア軍に場所を知られていて、またすぐに砲撃されるだろうから、いつまでここにいられるのか？　ここを出て、無防備なまま、M777榴弾砲を別の場所まで牽引する危険をおかせるのか？　それとも、地中に隠れたまま、ロシア軍の砲撃がこれからも的をはずしつづけてくれることを期待すべきなのか？　こうした正解のわからない問いにまちがった答えを出せば、たちまち命を落とすかもしれない。そして、こうした問いを軽々しくあつかう者は、正気でないか、すでに死んでいるかの、どちらかだ。

アンドリイの横にいたオレクサンドルという巨漢の兵士が、だまって聞いていたが、だいじょうぶ、というように微笑んだ」

オレクサンドルの話

おれは、アメリカからヨーロッパへ自動車を輸送する仕事をしてた。でも、国外に出てるわけにはいかないと思ってね。こっちにいなきゃ、って。おれたちは契約軍人だ。入隊前、おれはボランティアで動物関係の仕事をしてた。

二〇二二年には、フェルドマン［・エコパーク］動物園から動物たちを疎開させた。園はハルキウ［郊外］にあって、ロシア軍の陣地から二、三キロしかはなれてなかった。大変だったよ。まあ、聞いてくれ。おれたちは民間人だとわかるように、赤や黄色の上着を着てたから、遠目にも見わけられたはずだ。まず、オオカミに鎮静剤を飲ませ、眠ったところを背負って運んだ。そしたら、突然、近くにドローンが飛んできて、「くそっ、こいつはヤバいぞ」って言ったとたん、やつらは銃を撃ちはじめた。こっちが民間人だってわかってるのに、かまわず撃ちつづけるんだ。それでも銃弾をよけながら動物たちを運びだし、まずハルキウへ、その後、ドニプロへ運んだ。七年前から動物をあつかってるから、どこへ運べばいいかはわかってた。で、検問所を通るたびに味方の兵士が驚くわけさ。なにしろ、車のドアをあけて調べてもらうと、後部座席にオオカミがいるんだから！

一番つらかったのは、ロシア兵が銃撃してきた時、銃弾が一発、サルの檻に飛んでったことだ。ものすごい悲鳴が聞こえてきて、そりゃあつらかった。また、恐ろしいことに、その悲鳴が人間そっくりなんだ。

　家族は、おれがそのうち軍隊に入るとわかってた。そう言ってあったからね。最初はボランティアで動物をあつかう仕事をして、その後、入隊するつもりだと。

　ロシア軍との一番のちがいは、おれたちは人の命を大事にするところだ。

後部座席にオオカミがいるんだから！

　いや、もう、この暮らしにすっかりなれてしまったよ。アドレナリンはとても強力な興奮剤だ。同じように前線にいる友だちと話してたら、そいつがこう言ったんだ。「いずれ、こういうこともなつかしくなるんだろうな」って。おれもそう思う。初めてここへ来た時は、野砲が発射されるたびにふるえてたんだが、今じゃなれっこだ。おれたちはロシア軍のランセット自爆ドローンを撃ちおとすし、昨日は、自走式のウラガン・ロケットランチャーを四台破壊した。

　今朝は大変だったな、やつらがここをねらってきたから。どこに撃ちかえせばいいか、敵の座標をつかむのに二時間かかった。ただ、やつらがまた撃ってきたら、急いで移動しなきゃならない。ロシア軍は、ゾーパルクっていう対砲兵レーダーをもってる。そのレーダーで、こっちの位置がわかるんだ。一週間、同じ場所にいられれば運がいい。陣地に着いたらすぐに砲撃されて、また移動しなきゃならないこともよくある。

ロシアには親戚がいる。いとこの一人は、ルハーンシクからロシアに引っ越して、むこうで結婚した。親戚たちは、この戦争ではウクライナ支持の立場だ。たとえば、クリミアはウクライナの領土だと思ってる。なのに、休暇でアブハジア［ジョージアの一部だが、ロシアと同盟関係にあり、独立を宣言している地域］へ行ったんだぜ。どうかしてるよ、こっちは戦争中だってのに！　おれは言ってやった、「おまえら、正気か？」ってね。みんな、ここ何年かはウクライナに帰ってきてたんだ。

ハルキウには友だちがたくさんいる。ボランティア仲間が多いが、それ以外にもいる。今はフェイスブックを見るのがすごくつらい。仲のいい友だちがたくさんいたのに、死んだやつも多い。でも時には、戦争のおかげで新しい出会いも生まれる！　クープヤンシクの近くでは親切な人たちにたくさん出会った。この戦争は、おれたちが必ず勝つ。

ロシア側は、バフムートのウクライナ軍部隊は、せいぜいもってあと三、四日だと言ってる。それがほんとうかどうかわからないが、あそこでの被害が甚大なのはたしかだ。二月以降、二週間の休暇が一度もらえただけだ。人的資源が限られていて、兵士の入れかえができない。数が足りないんだ。若者たちが死んでいくのは悲劇だよ。町には隠れてる男がたくさんいるっていうのに。おれの兄貴〈訳注・あるいは弟〉もそうだ。軍にいたことがあるのに、動員されたくないから、家にいて、召集令状が来るのを怖がってる……。チャンスがあれば、ウクライナを出て外国へ行くつもりらしい。

掩蔽壕にて、
第40砲兵旅団の兵士たちと
クープヤンシクの近く、2023年3月15日

МОЛОКО
NON STOP
ULTRA
WIN

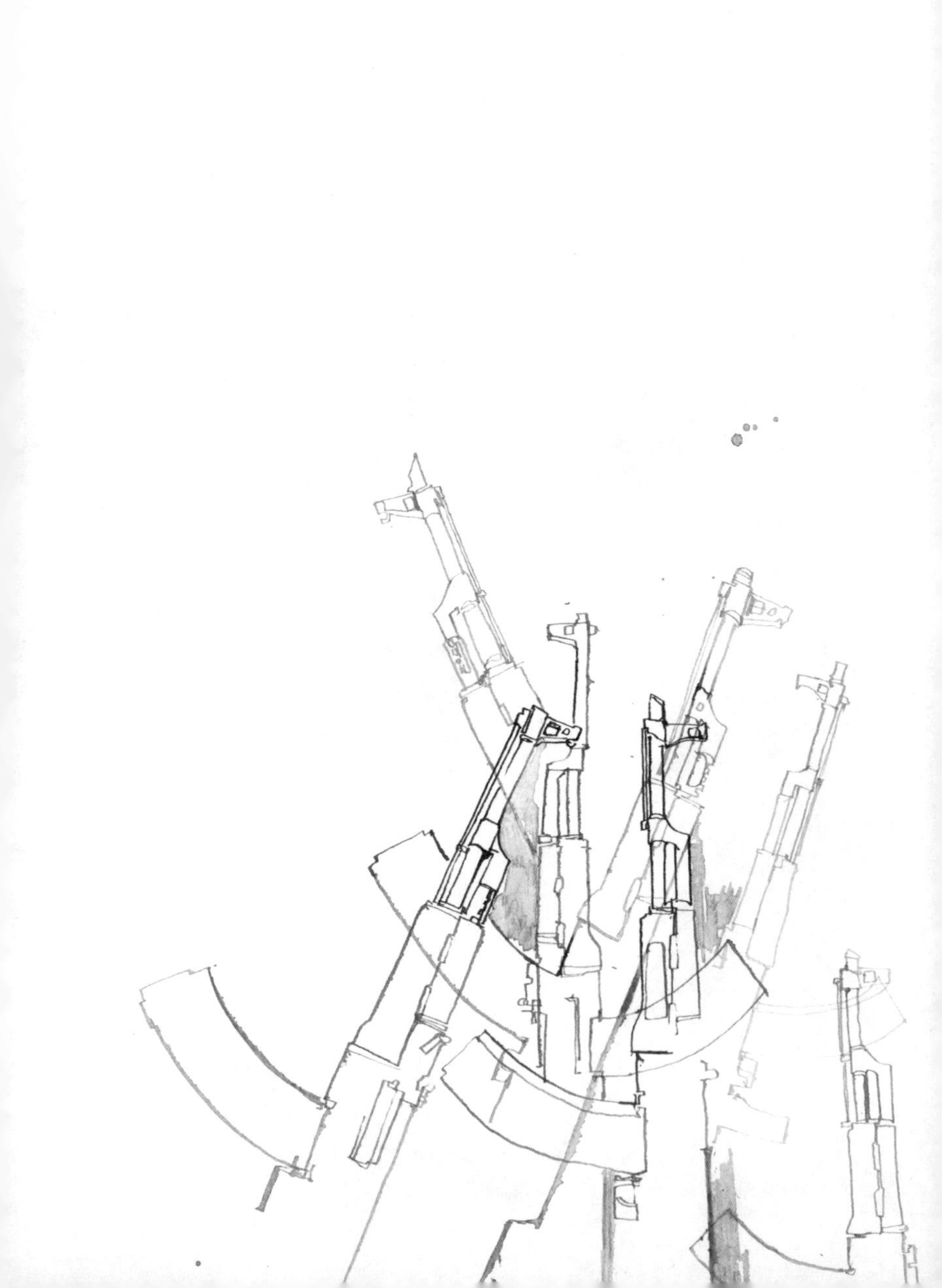

「わたしが帰ろうとすると、アンドリイは両手でわたしの頭をつかんで左右の肩に引きよせ、思いきり抱きしめた。おれたちのことを忘れたら承知しないぞ、とでも言うように。そして、軍服の両肩から肩章をむしりとり、わたしの手に押しつけた。その時の彼の目は、今もわたしの記憶に焼きついている」

あそこでの被害が
甚大なのはたしかだ

REMOVE BEFORE FIRING ·
REMOVE BEFORE
TNT
155mm
PROJ 1107
W/SUPPL
REMOVE BEFORE
FIRING ·

偽装され、発砲の機会を待つM777榴弾砲

クープヤンシク近郊、2023年3月15日

VOLODYMYR, 30

Ex-hooligan, soldier, father

DRUZHKIVKA

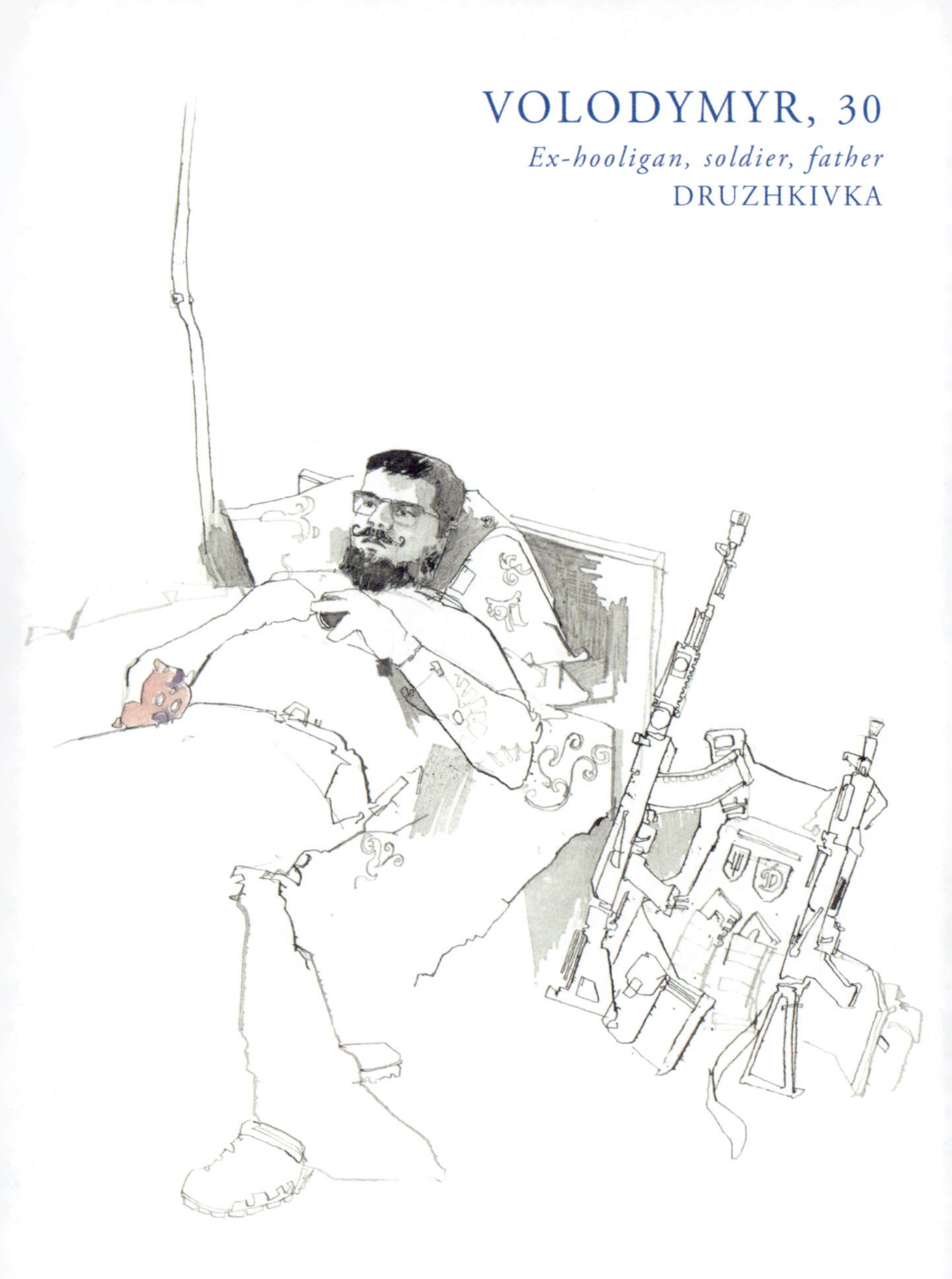

ヴォロディーミル

元フーリガン、兵士、父親

三十歳

〈ドルジュキーウカ〉

一九八六年、ウクライナ北部にあるチョルノービリ原子力発電所の原子炉のうち一基が爆発し、放射性物質が空気中に放出され、史上最悪の原子力事故となった。
当時、イリーナは夫と二人で近くの町に住んでいた。六年後、イリーナは息子のヴォロディーミルを出産する。三十歳になったヴォロディーミルは、※自身の甲状腺ガンは、生まれる数年前に起きたこの事故の直接的な結果だ、と語った。ガンを発症したことで、ヴォロディーミルはむずかしい選択を迫られる。とどまるべきか、それとも国を出ていくべきか？

わたしはドルジュキーウカにある小さな民家の中で、娘アーニャの恐竜のおもちゃを胸にのせ、ベッドに寝そべっているヴォロディーミルの姿をスケッチした。彼が着ているTシャツは、ディナモ・キーウのサポーターだったころのもので、胸に「フーリガンのじゃまをするな」と書いてある。ヴォロディーミルは四歳の娘を自分と同じような目にあわせたくないので、危険から遠くはなれたポーランドに疎開させている。ヴォロディーミルはコスチャンティーニウカ出身で、第三独立強襲旅団の対戦車隊に所属し、バフムート近くの塹壕で戦ってきた。今、民家の各部屋には、疲れきった男たちが床にしいたマットの上に横たわっている。兵士たちは、なにか所持品を枕代わりにし、床においたバックパックでそれぞれのスペースを確保していた。そして、前線の兵士たちがみなそうであるように、次の行動までの時間を睡眠にあてている。ヴォロディーミルは待機のあいだ、二、三か月後に会える娘のことを考えていた。

（二〇二三年三月十八日、八月二十八日）

※（訳注）母親の被爆によってその後に生まれた子どもが甲状腺ガンを発症する確率が増えることはないとする見解もあります。

ヴォロディーミルの話

おれは一九九二年生まれで、身内にはプログラマーやエンジニアが多い。両親のイリーナとオレクサンドルは定年まで国営鉄道で働いていた。二人はコノトープの生まれで、チョルノービリの原発事故やソ連の崩壊、待ちのぞんでいた独立ウクライナの「誕生」をその目で見てきた。

五歳の時、父親がテレビでサッカーの試合を見ながら、部屋の中を跳ねまわっていたのをおぼえてる。あとでわかったんだが、その日は、ディナモ・キーウがバルセロナに3ー0で勝ったんだ。その年はもう一度バルセロナに勝った。親父は、そして町の人はみんな、ディナモ・キーウのファンだったから、当然、おれもチームを応援するようになった。筋金入りのフーリガンになって、仲間がやってることは全部やったよ。わざともめごとを起こして、政治体制に異を唱えた。おもしろい時期だったな。前線で一緒に戦ってるやつらの中には、ウルトラスやフーリガンがたくさんいる。今はチームカラーや思想信条でもめるようなことはない。みんなウクライナの未来を見すえて団結してる。

高校は卒業したが、大学は退学になった。追試を受けそこねたんだ。軍に登録するように言われた。軍隊なんか入りたくなかったから、裏で二百ドルもはらえば兵役は免除してもらえるだろうと思って、放っておいた。ところが、健康診断で超音波検査を受けたら、甲状腺に悪性の腫瘍が見つかった。それから分厚い鉛入りのドアで隔離された病棟で、ニーチェやカフカやカスタネダを読みながら、手術や化学療法や放射線治療を受けるはめになった。人生のその時期は、文字どおりおれの記憶から消えてるんだが、そのあいだに人間がずいぶん変わったんじゃないかな。

みんな
ウクライナの未来を
見すえて団結してる

二〇二二年の二月以降、おれは国内に残って戦うことにした。そうすべきだと思ったからだ。そもそも、国っていうのは国民そのものだ。みんな国歌を歌って、独立記念日を祝って、自分の国に敬意を示して大事にするだろ。生まれた国を捨てたと自分でわかってるのに、ヨーロッパやアメリカのどこかで、楽しくおだやかな毎日を送れるわけがない。そんな偽善的なことができるか？　ロシア軍が侵攻してきた当初は、ウクライナ国民はあちこちで英雄的で勇敢な行動をした。当時はみんな、いつ死ぬかわからないが戦う覚悟はできていると思ってた。武器をもたない民間人でさえ、戦車の前に体を投げだして、占領軍部隊の前進をはばんだんだ！　信じられるか？　それを舞台の袖から見てるなんてことは絶対にできない。そんなことをしたら、死ぬまで自分を軽蔑するだろう。

侵攻の前日も……不安感で空気がぴりぴりしてた

あの二月二十四日の前日、みんなで見聞きしたことを教えあい、見通しを話しあったんだが、夜は眠れなかった。ほら、大みそかの空気はなにかちがうだろ。祝日のムードがただよってるじゃないか。侵攻の前日もそうだった。不安感で空気がぴりぴりしてた。

ベッドに横になろうとしたら、遠くから最初の爆発音が聞こえてきた。そんなすぐに始まるなんて信じられなかったよ。おれは急いで当座必要なものや大事な書類を車に積んで、別れた妻と娘の家へ行った。それから何時間かかけて二人を説得し、ポーランドへ避難させることにしたんだ。その時はまだ、家にいたら、昨日までとなにも変わらないと思うのも無理はなかった……。でも、アナウンサーの声やロケット弾の爆発音で、すぐに、もうなにもかも、それまでとはちがうんだとわかった。

おれはその時にはもう、アゾフ連隊にいたことのある友人たちに合流するつもりでいた。自分は戦場へ行くんだ、なにも知らない別世界へ行くんだって自覚してた。家やなれ親しんだ環境に、そして娘に、別れを告げようとしてるんだ、ってね。それまでだって、週末、娘とすごしたあとにさよならを言うのはいつもつらかったし、娘を妻の家に送りとどけたあと、車の中でよく泣いたもんだ。ああ、あの日のことは、今思いだしても胸がしめつけられる。それからおれはキーウにもどり、入隊した。そして長いあいだ、学校の校舎に寝泊まりしてた。ロシア軍がキーウから撤退するまで。

戦場では、毎日が命令と勇気と恐怖の入りまじった混乱の連続だ。一度、真夜中に一人で塹壕を出て、増援部隊を迎えに行くことになった。おれは眼鏡をかけていて、ふだんから夜は運転しないようにしてるくらいなのに、道も知らないし、知ってたとしても、なにも見えなかっただろう。いつになく暗い夜で、星も月も出てなかった。とにかく真っ暗なんだ。だだっ広い野原が広がってるだけで、そこに装甲車のタイヤのあとがあって、あちこちに砲弾の落ちた穴があいてた。おれは合流地点めざして、文字どおり手さぐりで進んでいった。狙撃手にねらわれることは考えないようにしながら、地雷が埋まってる場所を示す旗をよけて進んでいった。無線機をもってなかったから、味方に撃たれるんじゃないかと心配だった。いや、撃たれないほうがおかしい！　だから、さがしてる部隊の名前を小声で呼ぶことにした。全人類を呪い、こんなばかげた任務を引きうけた自分をののしったよ。まあ、どうにか生きのびたから、こうして話せるんだが……。でも、戦争ではなにが起きるかわからないし、驚くようなことばっかりで、すべては敵の動きとこっちの運しだいだ。そして、中には、今日がこの世で最後の日になるやつもいる。

おれにとっては、娘が一番大切で、かけがえがないけれど、だれかがこの仕事をしなきゃならない。医者は患者を治し、消防士は火事を消し、教師は教え、兵士は戦う。今じゃもう、おれも経験豊富な軍人だ。戦争はうんざりだし、心底いやだけど、まだ終わってないからな。途中で放りだすわけにはいかない。でないと、友人たちの死がむだになるし、その子どもたちはなんのために涙を流したのかわからなくなる。

おれたちの部隊は第三独立強襲旅団といって、元は「アゾフ・キーウ」特殊作戦軍の部隊だった。今はバフムートに展開している歩兵部隊だ。

バフムートは寒いのなんのって。配置についたのが冬だったんだが、地面が岩みたいに硬くて、塹壕を掘るのにつるはしが必要だった。永久凍土だな。あのあたりは強い風に吹きさらされて、夜は凍えるほど寒く、凍傷になって帰されたやつもいたよ。体を温めようがない。見張りを交替するたびに、塹壕にもぐって同僚と体をよせあう。眠るのもつらいんだが、二、三時間たっ

戦争はうんざりだし、心底いやだけど、まだ終わってないからな

て目をさますと銃が凍ってる。水もその辺においとくと凍るんだ。塹壕ロウソクや使いすてカイロでしのいでたんだが、口ひげまで凍って白くなる。

今年になって娘のアーニャと会ったけど、おれがだれだか、すぐにはわかってくれなかった！　もちろん、わかったあとは楽しくすごしたけどね。今は別れた妻と娘はポーランドで暮らしていて、どうやらこの先も、もどってくる気はなさそうだ。それを思うとやりきれないが、戦争が続いてるあいだは、二人が安全な国外に避難するのを止められない。

ロシア人にむけて言いたいことはなにもない。言ってもむだだ。でも、おれはウクライナが勝つと本気で信じてる。戦争が終わっても、ウクライナ人は、いろんな国が助けてくれて、独裁者がこの国と国民を滅ぼすのをゆるさなかったことを絶対に忘れないだろう。そして、その時はどうか、美しくて、平和で、自由なウクライナに来てもらいたい。いい国なんだ。きっとまた前みたいな、そんないい国にもどるから。

いい国なんだ。
きっとまた前みたいな、
そんないい国に
もどるから

戦時下のスーパーマーケットの客たち
ドルジュキーウカ、2023年3月18日

ANDRII

Volunteer

KUPYANSK

アンドリイ

ボランティア

〈クープヤンシク〉

ウクライナ東部の町クープヤンシクの道路脇でアンドリイと落ちあった朝、彼の車を見てなにより印象的だったのは、中がパンや焼き菓子でいっぱいだったことだ。後部座席にベーグルやビスケットが山のように積まれていたのだ。

それとは対照的に、助手席に積んである防弾チョッキが不穏で場ちがいなものに見えた。あまりに異質なものがとなりあわせになっていて、最初はとまどったが、彼がこの戦争で果たしている役割を知り、なるほどそういうことかと思った。アンドリイはヘルメットをかぶったまま、にっこり笑って挨拶すると、今からその車で大事な物資を届けに行くという砲兵部隊について、熱っぽい口調で話してくれた。「あなたが同行しても問題ないそうです。写真を撮らずに、絵を描くだけならかまわない、って。どんな絵を描くのか、みんな楽しみにしていますよ」

アンドリイは決して、わたしが取材で来ていることを忘れているようには見えなかったが、その朝の会話はあちこちに飛び、やがて彼の妻の話になった。アンドリイの妻は一時ポーランドに避難していたが、一緒にいないとそのまま別れることになるんじゃないかと不安で、ハルキウにもどってきていた。二人には、八歳になる息子イヴァンがいる。ウクライナの子どもたちの多くがそうしているように、イヴァンもオンラインで学校の授業を受けていた。

アンドリイは言った。「ぼくが年中、兵士たちと話してるから、妻がやきもちを焼くんですよ。ぼくには、その部隊の兵士たちが自分の子どものように思えるんです。週に三回、彼らのところへ食べ物や薬を届け、洗濯物をもって帰ります。今は、ぼくがこうして熱心にボランティアをしているせいで、わが家の家計は大変です。妻はかまわないと言ってくれてるけど、家にお金を入れられないから、楽じゃありません。妻とイヴァンがこっちにいなければ、ぼくはバフムートに行くでしょうね。妻は支えてくれてるけど、日々の生活は問題だらけです」

それからの一時間、アンドリイはボランティアや自分の仕事についてもいろいろ聞かせてくれた。車はクープヤンシクから南東にあるルハーンシク、そして前線にむかって走っていく。道路はでこぼこでぬかるんでいたが、ほかにも車が走っていた。ウクライナ軍が使用していることを示すため、民間の車両に白いペンキで十字が描かれたものも見かけた。前線に近づく途中、スプレー塗料で書かれたロシア語のメッセージの前を通りすぎた。「Добро пожаловать в ад」。訳してもらうと、「地獄へようこそ」という意味だった。

侵攻(しんこう)してくるロシア軍への挨拶(あいさつ)として、国中に残されたウクライナの人々からのメッセージだ。

（二〇二三年三月十五日）

DMYTRO, 37

Commander, wounded soldier

KYIV

ドゥミトロー　三十七歳

部隊長、傷痍軍人

〈キーウ〉

キーウ北東部の、あるバーで会った時、ドゥミトローは、ロングアイランド・アイスティー〈訳注・ウォッカなどの強い酒とコーラ、レモンなどで作るカクテル〉を飲みながら、奥さんを待っていた。左袖の先から傷あとがいくつかのぞいていたが、それ以外は負傷などしたようには見えない。これは意外だった。なぜなら、わたしがドゥミトローの話を聞きに来たわけは、一年ほど前、ハルキウ州でロシア軍による機関銃の待ちぶせ攻撃を受け、二十発の弾丸を撃ちこまれた兵士だったからだ。

（二〇二三年三月十日）

ドゥミトローの話

それは、二〇二二年五月十一日、ハルキウ州内のピトームニクという場所でのことだ。ピトームニクでは多くの犠牲者が出た。あそこは攻撃にも守備にも適した場所じゃない。

わたしがいたのは一日だけだ。

わたしは、対航空機および防空全般を担当する部隊の指揮官で、任務は敵のドローンやロケット砲、ヘリコプターによる攻撃から味方を守ることだ。部下が二十人いて、そのうち、たしか六人がまだ若かった。

その日わたしは、拠点を移動しろという命令を受けた。兵士が四人、トラックが一台必要だった。トラックには全員の衣類や寝具とロケット弾を積んだ。四人には、「トラックには運転手とわたしが乗っていくから、おまえたちは二百メートルはなれて別の車でついてこい」と指示した。ある村までやってきたんだが、そこは道がとてもせまかった。村に入って角を曲がったとたん、ロシア兵五人とはちあわせした。ロシア軍の正規兵で、距離はわずか十五メートルから二十メートル！　そのうち二人が機関銃をもっていた。ＰＫＭ、かな？　残りの三人は、よくあるＡＫの自動小銃だった。

運転手はブレーキをふんだ。わたしはどうすべきか考えた……もちろん、銃を撃たなきゃならないんだが、それに気づくのに三、四秒かかったよ。そしたら敵が撃ちはじめた。十秒ほど続いただろうか。こっちは撃ちかえすすきがなかった……。

とっさに身をよじったが、銃弾が二発、一発は肋骨のあいだをぬけて心臓のそばに、もう一発が胃の近くに残った。ほかの弾は両脚、頭、首、左腕にあたった。無傷なのは右手だけだ。

二十秒ほどたって、服や装備が燃えているのに気づいた。ああ、今日死ぬんだ、と思ったが、燃えてる車の中で死にたくないじゃないか。

燃えてる車の中で死にたくないじゃないか

トラックの荷台にスティンガーミサイルが四発のってたから、もしそれが爆発したら、自分は粉みじんになるとわかっていた。ドアをあけて路面にくずれおちるようにして外に出ると、どうにかして……なんていうか、歩けはしないから、右手と右脚だけで這っていこうとした。見ると、トラックの反対側にヤリクが倒れていて、ぴくりとも動かなかった。まだ二十歳だったのに。悲しいことにヤリクは息絶えていた。わたしの部隊で生きのこれなかったのは彼だけだ。

わたしはまず、近くにいる別の部隊に五人のロシア兵のことを伝え、それから、後続車両の隊員たちに連絡した。セルヒイが来てくれたんで、応急処置の指示をした。止血帯を三本使ったよ。自分でやろうとしたんだが、できなかった。痛いからじゃなくて、片手じゃできなかったんだ。

意識はずっとあった。撃たれた瞬間から外科医の手術台に載せられるまで、頭は働いてた。セルヒイにはわたしが自分で指示した。止血帯は、ここと、ここと、ここに巻け、ってね。［ドゥミトローは自分の左腕と両脚を指さした］それから、目やあごにさわろうとすると、セルヒイがわたしの手を押しやり、「さわっちゃだめです。体中傷だらけで、手が汚(よご)れてますから」と言った。その日から、片目は見えないままだ。

　妻のユリヤは英語教師だ。恥(は)ずかしいよ、わたしは英語があまりうまくないからな！　キーウではときどき停電になるので、妻は夜、スマホの光をわたしの見えないほうの目にあてて、ターミネーターみたいな目ね、と言うんだ。この戦争が終わったら、できれば子どもがほしい。

その日から、片目は見えないままだ

　病院には三か月と二週間入院してた。それだけでもう、戦場より病院にいた期間のほうが長い！　最初はハルキウの病院、そこからポルターヴァ、キーウに転院して、さらに六か月のリハビリを受けた。そのあと脚(あし)の再手術を受けて、またリハビリだ。
　最近は定期的に通院して、専門の先生に骨や目や傷のぐあいを診(み)てもらい、軍隊にもどれるかどうか相談してる。あと二、三か月で復帰できるくらいに回復するといいんだが、復帰か除隊かを決めるのは軍だ。まあ、たぶん、この体じゃ、もどれないだろう。左手は……ひどいもんだ。脚(あし)も……ほら、こういう装具をつけなきゃならない！　これがないとつま先が……。［ドゥミトローはそこで言葉を切り、手首をぱたりと曲げて、足がこんなふうにたれて地面に引きずってしまうんだ、と説明した］
　体がもとにもどるには時間がかかる。こんな体じゃ、まだ国の役にたてない。軍隊内でコンピューターをあつかう仕事に替(か)わろうとしたんだが、残念ながら、陸軍にはそういう仕事がないらしい。だから、入隊前にやってたテストエンジニアにもどることにした。妻がいるし、片手があれば働ける。

手術は十八回受けた。最後に受けたのは去年の十一月で、たぶん膝(ひざ)の手術をあと二回受けなきゃならない。ひとつは簡単な手術だが、もうひとつは簡単じゃないらしい。むずかしいほうの手術はウクライナ国内では医者がしたがらないので、おそらく、ヨーロッパのどこかの国で受けることになる。ある晩、ユリヤと二人で、体にいくつ傷があるか数えてみたら、傷は三十二か所、そのうち銃弾(じゅうだん)のあとが二十か所もあった。

最初の手術は二十時間かかったんだが、終わってから、輸血用の血液パックをいくつ使ったか写真に撮(と)っておいた。全部で十一パックだ。負傷する前は八十三キロあった体重が、ひと月後には六十五キロだった。手術後、目をさますと、看護助手の人たちが、「おはよう、運がいいね……手術はうまくいったよ。銃創(じゅうそう)があんなにたくさんあったのにな」と言った。そしてとりだした銃弾を入れた袋(ふくろ)を見せてくれた。「体中、傷だらけで、弾(たま)はあちこちに入ってるし、じつは……」わたしは、なにを言われるんだろうと思った。「その……ペニスにも……」わたしは考えたよ……なんだと、ペニスがどうしたって？　妻になんて言ったらいいんだ……。すごく怖(こわ)くなったし、信じられなかった。すぐに確かめずにはいられな

傷は三十二か所、そのうち銃弾(じゅうだん)のあとが二十か所もあった

かったよ。そしたら、冗談じゃなかったんだ！　あそこにも弾があたってた！　幸い、傷は浅くて、もう治ったけどね！

［ドゥミトローは、わたしにタトゥーを見せてくれた］

「身のほどを知れ」というこのタトゥーは、二〇一四年に初めて軍に入った時に入れたやつだ。武器を手にする時、このタトゥーはわたしに、頭をクリアにして、人の道にはずれたことは絶対するなよ、と戒めてくれる。初めて武器を手にした人は、自分が神様になったような気がして、なんでも好きなようにできると思いがちだからね。

最後には、すべてうまくいくと思うが、この戦争はもうしばらく続くだろう。ウクライナ人にとってはむずかしい状況だ。昨日、三月九日は、詩人タラス・シェフチェンコの誕生日だった。ロシア軍はテロリストだってことが改めてわかったよ。昨日はロケット弾が八十一発も落ちてきたんだから。

おもしろいことがあってね……手術した左手がはれあがり、神経が傷ついたらしくて、力が入らなくなっていたんだ。理学療法を試してみたが、効果が出ていないようだった。そしたら「リデンプション2」っていうコンピューターゲームの夢を見た。おもしろそうだとは思ってたが、やったことはなかった。パソコンにインストールしたものの、ボタンをクリックしようとしても、うまくいかない。あきらめずにやってたら、二週間くらいで手がもとどおりに動きだした。ほら、見てくれ、毎日やってたから、だいぶよくなった。まだちょっとしびれてるけどな。それでも、二か月前のわたしを知っていたら感心すると思うよ。ほんとうにひどい状態だったんだから。

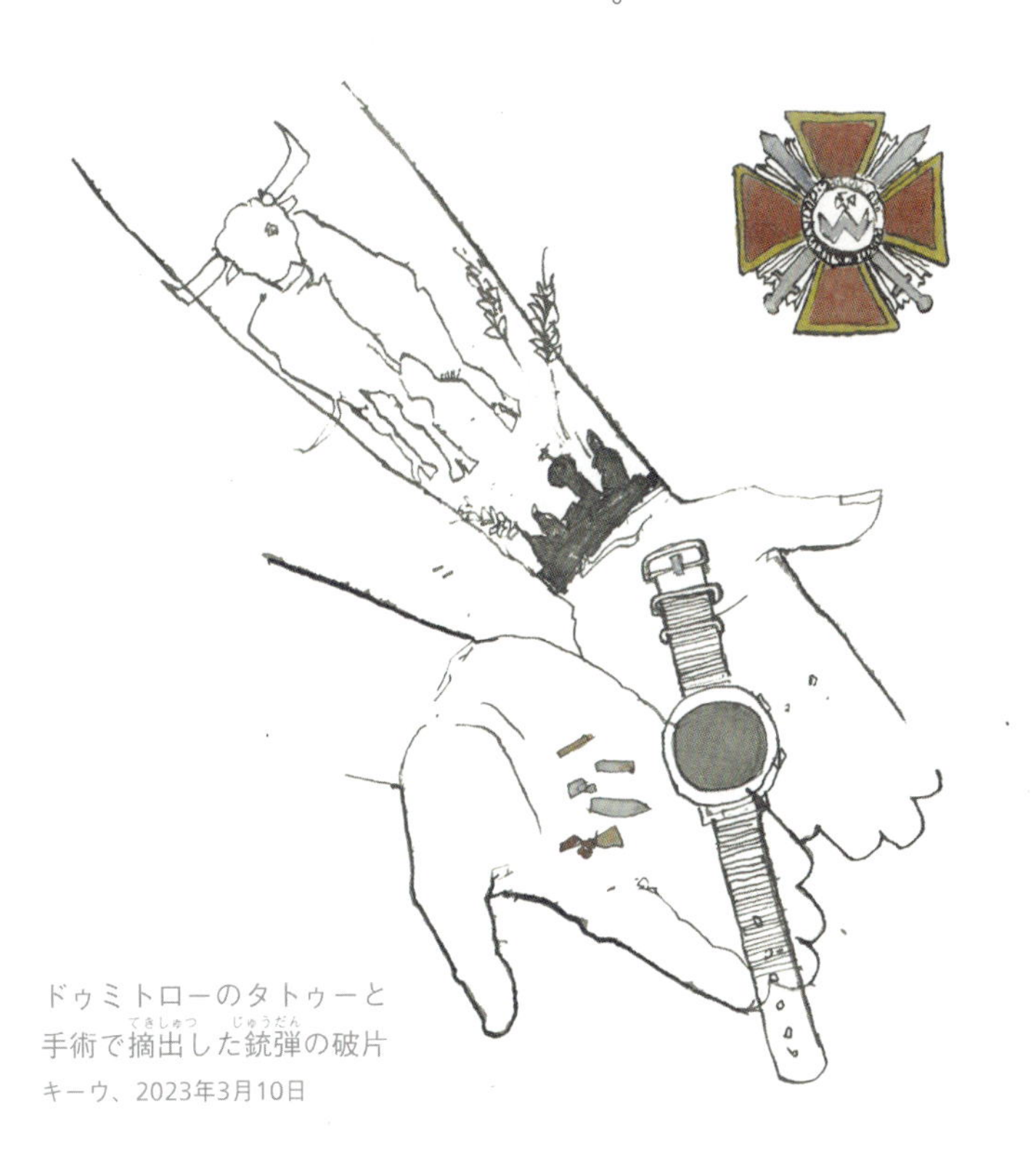

ドゥミトローのタトゥーと
手術で摘出した銃弾の破片
キーウ、2023年3月10日

ARTEM, 40

Jellyfish keeper

KYIV

アルテーム 四十歳

クラゲ飼育者 〈キーウ〉

わたしがアルテームと会ったのは、照明を抑えた薄暗い地下室だった。真剣な表情を浮かべ、頭を剃りあげて、黒っぽいトレーニングウェアを着ていた。でもそこは、ドンバスの前線の地下壕でもなければ、ブチャやヘルソンの防空シェルターでもない。案内してくれたのは、キーウのメインストリートに面した、マクドナルドの近くにあるクラゲ水族館だ。アルテームは、そこにいる奇妙な海の生き物たちの父親のような存在だった。

アルテームは情に厚く、思いを素直に表わす人のようで、わたしはいつしか、自分の仕事について笑みを浮かべながら語る彼の話に聞きいっていた。アルテームはこの水族館の責任者だ。そして、たとえ戦時下であっても、観光施設としては一見価値がなさそうなこの水族館の営業を続ける決意を固めていた。

アルテームが話しはじめた時、わたしたちは真っ暗な部屋の中で水槽にかこまれて立っていた。トルコブルーの水の中を、あざやかなピンク色の小さなクラゲたちが、繊細な体をゆっくりと回転させながらただよっている。アルテームは、はじめは話すのをためらっていた。そして、一年続いた戦争で疲れはてている多くのウクライナ人と同じように、はたしてジャーナリストの取材を受ける意味があるのか、疑っているようだった。それでも、礼はつくそうと思ったのか、口をひらいてくれた。

（二〇二三年三月七日）

アルテームの話

マイダン［二〇一四年に起きた革命］のあと、この場所［フレシチャーティク通り］でレストランをひらくのは心理的に抵抗がありました。目の前の独立広場では銃撃があり、亡くなったり、傷を負ったりした人が大勢います。だから、水族館のほうがこの場所にふさわしいと思いました。何年も前ですが、日本でクラゲ水族館を見たことがあったので、キーウにも作ってみようと思って、この水族館を始めたんです。四年たって、集めたクラゲは十八種になりました。最初はむずかしかったですよ。とくにウクライナではね。でも、試行錯誤しながら続けてます。

二〇二二年二月二十四日に侵攻が始まって、もちろんその日はだれも出勤しませんでした。わたしは二十五日に、兵士として志願するために軍の徴兵事務所へ行き、相談したんです。でも、必要ないと言われ、自転車で水族館にむかいました。クラゲたちには、毎日三回欠かさずえさをやる必要があります。でないと、小さくなって死んでしまいます。でもその時は軍が道路を封鎖していて、水族館に行きたいと言っても通してもらえず、家に帰りました。わたしの家はキーウ北東部にあるマンションの二十一階なので、町がロシア軍に包囲されていくのがよく見えました。

二月二十六日に、キーウから少し南へ行ったところに住んでいる友人から電話があり、そのあたりはロシア軍に包囲されていないと教えてくれました。そこで、家族をルジーシチウにある彼の家に避難させることにしました。それからわたしは、領土防衛隊「予備兵力の役割を果たす予備役や市民ボランティア」に入隊し、地域の検問所で働きはじめました。しばらくキーウにはもどらず、三月五日に久しぶりに帰って、水族館に来てみたら、水槽の一部は電源が落ちていました。生きているクラゲもいましたが、二十五パーセントくらいは死んでいました。

その時もまた、軍の人に、ここは立ち入り禁止区域だと言われ、わたしは水族館の電源をすべて落とすことにしました。火災のリスクがありますからね。それで、クラゲをみんな死なせてしまいました。とてもつらい決断でした。この手で一から育てたんですから。胸がしめつけられまし

クラゲには
脳も知性も
ありません……、
でも、世話をしてたら、
どのクラゲも
愛おしくなるんです

たよ。もちろん……クラゲには脳も知性もありません……、でも、世話をしてたら、どのクラゲも愛おしくなるんです。

この水族館は
今のウクライナで、
たとえつかのまであっても、
人々が、戦争から……
のがれられる
数少ない場所だ……

水族館をはなれるのはつらかったけど、戦争が始まる前に採取してあったポリプ〈訳注・クラゲの一生に見られる形態のひとつでイソギンチャクに似ている〉を入れた水槽をひとつもちかえり、箱に入れてリヴィウにいる友人たちに送りました。彼らなら、救ってくれるんじゃないかと思って。でも、いつもならリヴィウまで一日で届くのに、配送に十四日もかかり、ポリプのほとんどが死んでしまいました。

二〇二二年三月の終わりにキーウにもどり、ここに来てみました。キーウ周辺の危険もへったし、この先どうしようかと考えはじめ、つくづく思ったんです。この水族館は今のウクライナで、たとえつかのまであっても、人々が、戦争から、そして混乱や変化に翻弄される日々からのがれられる数少ない場所だって。ここにいると、心が静まります。すべてを忘れて、クラゲを見て楽しめる。それにクラゲは、五億年以上前から、あらゆる環境の変化に耐えて、この地球で暮らしてきた生き物なんですよ。だからクラゲを見てると、自分たちも生きのびるぞ、って勇気づけられるんです。

［アルテームは、二〇二二年三月にキーウにもどった時、スペインから新しいポリプをとりよせた。しかし、四月に再び停電が二週間続き、また一からやりなおすしかなかった。八月十五日に水族館を再開したものの、十月にまた停電が始まり、クラゲの六十パーセントが死んだ。それから一年たった今、ウクライナの状況は先が見えないままだが、水族館は営業を続けていて、戦時中にもかかわらず、大勢の客が訪れている］

わたしには息子が一人、娘が一人います。十九歳と十歳です。今は妻と一緒に、アイルランドのダブリン近郊の小さな町で暮らしていますが、近いうちにキーウにもどってくるんで、もうすぐ会えるはずです。妻には、よく冗談で言うんですよ。きみはとてもきれいだけど、クラゲたちも負けてないぞ、ってね！

DR KYRYLO & DR OLEKSANDR

Son & father, neurosurgeons

KHARKIV

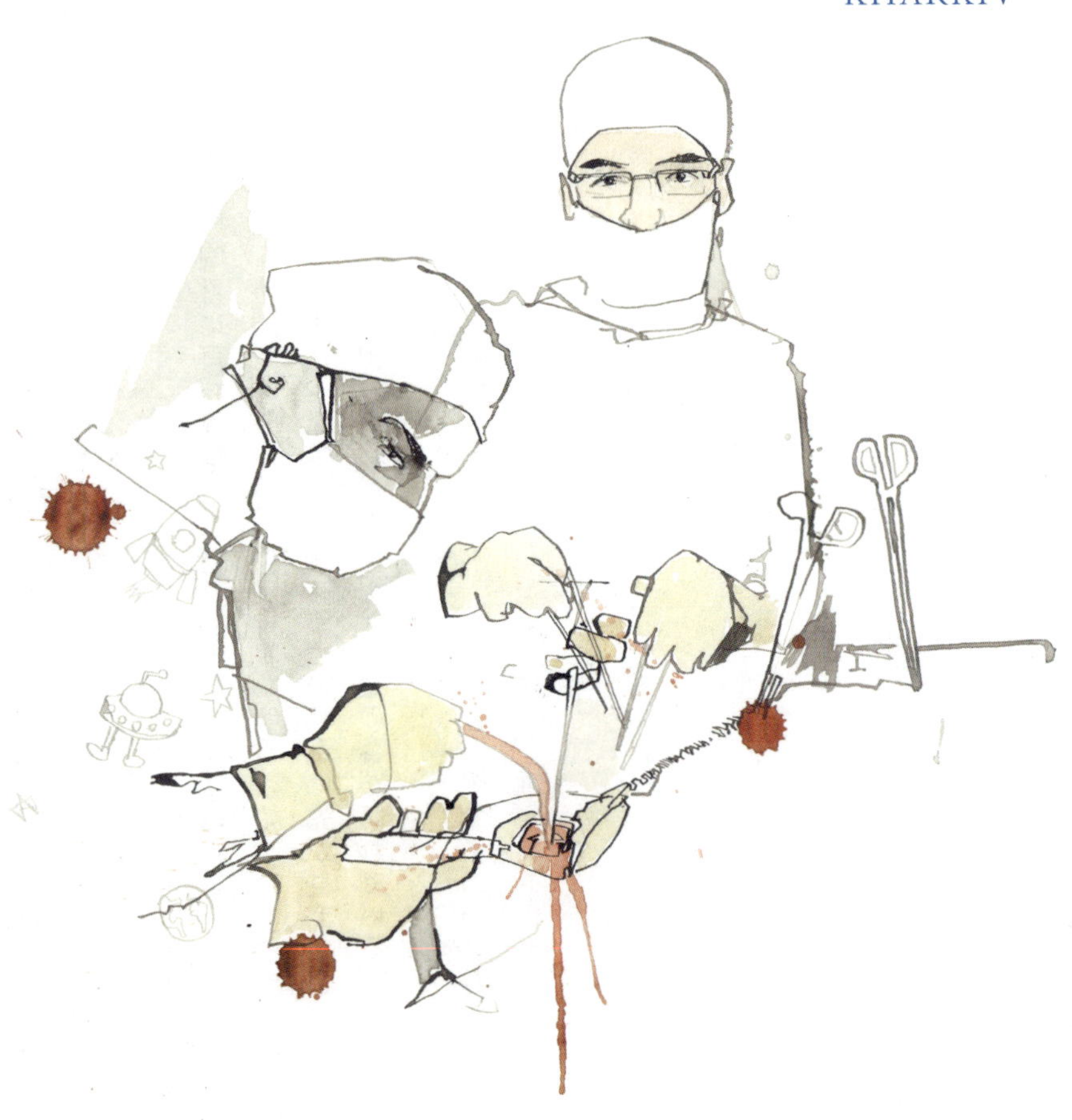

キリーロ & オレクサンドル

息子と父親、脳神経外科医

〈ハルキウ〉

ウクライナの病院の廊下にあふれているベッドを見れば、今この国で、どれほど悲惨な事態が進行しているかわかる、と思うかもしれない。ハルキウ市立臨床病院も、一見そのように見えた。でもじつは、廊下にベッドがならんでいるのは患者が多すぎるからではない。それどころか、ウクライナ東部の住民のほとんどは、すでに国内のほかの地域や国外にのがれている。患者たちが廊下にいるのは、残ったわずかな人たちが、そこで寝ることを望んでいるからだ。廊下にいれば、飛散防止のテープを貼った窓ガラスの外で爆弾が破裂した時、あいだにコンクリートの壁がもう一枚あることになる。

デニスという患者が、ウクライナ屈指の医師たちにかこまれ、頭蓋骨にドリルで穴をあけられているところだった。医師のキリーロは、デニスの右耳の上あたりの頭蓋骨を、六センチ四方切りとろうとしていた。その下にある血腫をとりのぞくためだ。そばで見守っていたキリーロの父親で医師のオレクサンドルは、「これがわが家の家業でしてね」と冗談を言ったあと、手術の予定が入っている患者のリストをすばやく読みあげた。

電気は来ているし、清潔な医療器具もあり、一時間におよぶ手術は成功した。この時期、ウクライナで、こうした高度な手術が行なわれるのは、とくにめずらしいことではないし、医師たちはできるだけ通常どおりに働こうとしていた。だが、彼らがどんな状況でこれだけの手術を行なっているかを考えると、決してあたりまえのことではない。周辺では激しい戦闘が続き、しかもそれは、ヨーロッパでは一九四五年以来起きていなかった規模の戦争なのだ。

（二〇二二年三月三十日、二〇二三年七月三十一日）

キリーロの話

この町では、強く勇敢な人々が、勇気ある行動で栄光を勝ちとってきました。それがわが町、ハルキウです。正直、われわれは戦争前と同じ仕事を続けているだけで、わたしが脳神経外科医になって以来、やっていることはなにも変わりません。これはいつもどおりの業務で、日々のスケジュールも同じ。ただ、外で爆弾が落ちているだけです。二〇二三年二月から、わたしはこの病院の小児神経外科の主任医師を務めています。それまで父が務めていたポストです。父は今、脳神経外科の主任として成人患者を診ています。まあ、たしかに、戦闘が激しかった時期は、親子で働くより、一人でいられたら、もっと気が楽だったでしょうね！

ロシアとの対立が深まり、戦争が始まったことは大きなストレスでした。だれもが恐怖心にさいなまれ、どう行動すべきかわからなかった。わたしは脳外科医として、ある救急病院に勤務していたので、病院にとどまってけが人を治療しながら、子どもをふくむ一般市民の診療にあたることにしました。家族は、戦争が始まった時にスロバキアにつれていきました。その時は、まさか一年も会えなくなるとは思っていませんでした。妻は妊娠七か月で、幼い娘はまだ四歳でした。

まわりに爆弾が次々に落ちて爆発している時に、患者さんを手術するのはとても怖かったですよ。集中するのがむずかしくて。それでも、脳神経外科のスタッフ全員が、途中で手術をやめたり、中断したりするわけにはいかないこともわかっていました。三十分後に砲撃がやんでから再開、なんてことはできませんから。だからみんなで、わざとたいしたことないふりをして、外でなにが起きているか考えないようにしてました。たとえば、爆発音が聞こえるたびに、お互いに言いきかせるんです。あれは飛んできたロケット弾が炸裂した音じゃない、味方が発射してる音だ、ってね。

去年と今とで、病院内にたいした変化はありません。国外避

爆弾が次々に落ちて
爆発している時に、
患者さんを
手術するのは
とても怖かった……

難していた人たちが大勢もどってきたので、医師や医療スタッフの数はふえています。爆発音が聞こえることも前よりへりましたが、まだときどきあります。

　状況がきびしかった時期の経験で、とくに印象に残っていることがいくつかあります。ある患者さんは、とても激しい砲撃のさなかに手術したんですが、傷口からの出血がひどくて、止めるのに長い時間がかかりました。その間ずっと、砲撃が続いてました。でも最終的にはなんとか止血し、患者さんはその後回復して、無事退院できました。また、ある女性の患者さんは自宅で空爆にあい、爆風で飛んできた扉があたって頭の骨が割れ、頭蓋脳損傷を起こしていました。その患者さんは、形成外科手術をするしかなくて、片目は義眼になりました。

　停電していて、きわめてむずかしい条件のもとで手術せざるをえなかったこともあります。たとえば、患者さんを手術室に運びこんだと思ったら、電気がいっさい来なくなり、急いで発電機がある別の手術室に移したこともありました。どうにかやってこれたのは、医長や市のトップの方々が支えてくださったおかげです。それと、海外の仲間や支援団体が、手術に必要な機材や薬品を送ってくれたことにも感謝しています。どれほど助かったかわかりません。

　東にある敵国の人たちに伝えたいメッセージや言葉はなにもありません。彼らはこの国に、悲しみと、流血と、死をもたらしました。

わたしは信じています。もうじき、われわれが戦争に勝ち、この団結したすばらしい国に待望の平和が訪れ、破壊されたものをすべて、修復しはじめる日がやってくることを。

破壊されたものをすべて、
修復しはじめる日が
やってくることを

PLAY
PLAY BOY
PLAY BOY
PLAY
BOY

脳内の血腫（けっしゅ）をとりのぞく手術を受けているデニス
ハルキウ、2022年3月30日

TATIANA, 17

Patient

KHARKIV

テチャーナ　十七歳

患者　〈ハルキウ〉

オレクサンドルの患者の一人が、テチャーナだった。病院のベッドに横になったまま、彼女は片目だけでわたしを見た。悲しいことに、もう一方の目は、二度とあくことがない。

テチャーナが片目を失ったのは、二〇二二年三月にハルキウ州内で空爆にあった時だ。手術を受けたので、頭髪はきれいに剃ってあり、額から眼窩の中央を通って頬骨まで走る傷あとがはっきり見える。それでも、微笑むと美しい顔が際立ち、表情がぱっと明るくなって、顔の片側に残る傷を補ってあまりある。だが、そのような傷は、こんなに若い人が負うべきものではないだろう。

ANATOLII, 48

Mechanic, father

KHARKIV

アナトーリイ　四十八歳

整備兵、父親

〈ハルキウ〉

　ドイツ、アメリカ、イギリスから新しい戦車が到着するまでのあいだ、ハルキウ郊外にある軍の秘密の施設で、アナトーリイ、イヴァン、セルヒイは、ウクライナの戦争遂行を支えるために、こわれた戦車やＡＰＣ［装甲兵員輸送車］の修理に追われていた。ウクライナ製のものもあるが、捕獲したロシア製の車両を再利用し、前線に送りかえす場合もある。この広大な施設にあるロシア製戦車のうちの二両は、すでに一度ならずウクライナ軍によって使用されていた。ほかにも、ロシア軍のものであることを示す悪名高い「Ｚ」印がスプレーされたまま積みあげられている戦車があったが、交換部品をとるためか、でなければ、スクラップにされるのを待っているものだった。

　巨大な修理工場を集めたようなこの施設は、第十四機械化旅団に属していて、サッカーグラウンドがいくつか入るくらいの広さがある。施設の場所が公に知られていないのは、ソ連時代にできたハルキウ郊外に不規則に広がる軽工業地帯の中にあり、周辺の道路には限られた車両しか入らないからだ。なんの変哲もない工場にしか見えないが、アナトーリイと作業班のメンバーは、照明で無用な注意を引かぬよう、毎日午後四時に仕事を終える。建物同士は、外に出ずに行き来できる出入口でつながっていて、整備兵は軍服姿を外部から見られることはない。建物の写真撮影は、輪郭や屋根だけでもきびしく禁じられていた。

　わたしは、アナトーリイが溶接棒と工具箱をもち、ヘッドライトをつけて、こわれた脚立にのぼって作業しているのを見ていた。アナトーリイは、こうした車両が再び動いて前線にもどれるよう、なんでも利用する。多くの車両が、歩兵部隊にとって味方だとわかるよう、白い十字がスプレーペンキで雑に描かれたり、砲身の一部が黄色く塗られたりしている。

　ニュースで大きくとりあげられるのは、核戦争への危惧やハイテク兵器の話題だが、こうした勤勉なウクライナの人々と、昔と変わ

らない修理風景が、地上戦の現実を表わしていた。

（二〇二三年三月十九日）

アナトーリイの話

わたしはここの整備責任者だ。三十年この仕事をしている。みんなからは、黄金の腕、と言われてるよ。ここでウクライナ軍のたいていの装備や戦車は修理してきたからね。この一年で状況はどんどんきびしくなっている。時には修理するものさえない。爆発ですっかり破壊されてしまうんだ。毎日が同じことのくりかえしだ。この仕事で一番困るのは、手と服がいつも汚れてることかな。でも勝利の可能性があるかぎり、希望とエネルギーがわいてきて、これからも続けようと思う。

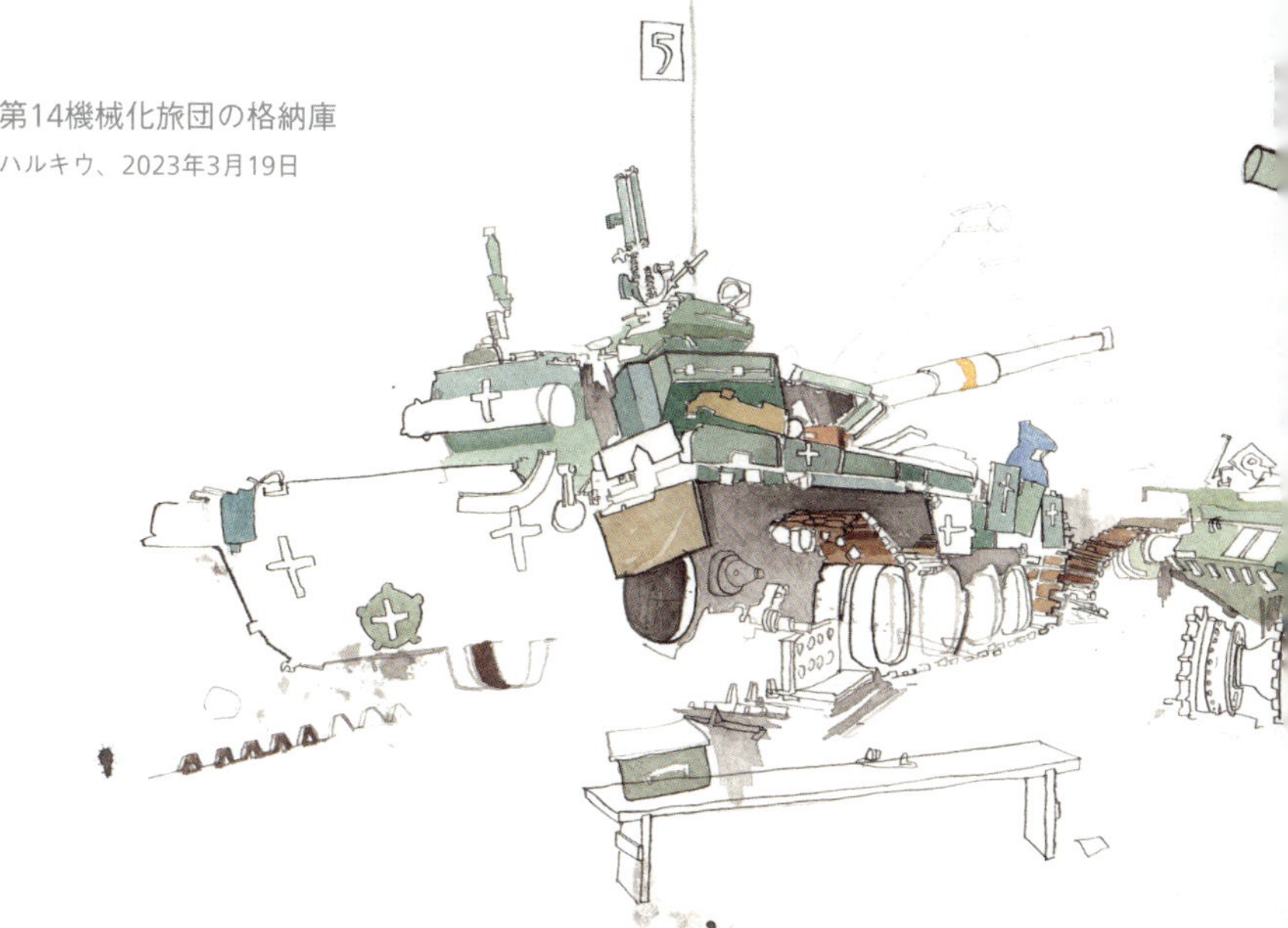

第14機械化旅団の格納庫
ハルキウ、2023年3月19日

APCを修理する第14機械化旅団の整備兵
ハルキウ、2023年3月19日

SERHII, 58

Architect

KHARKIV

セルヒイ　五十八歳

建築家

〈ハルキウ〉

わたしがセルヒイと出会ったのは、ハルキウの病院の廊下だった。セルヒイは、その病院のほかの患者たちとちがっていた。陽気で、松葉杖をついて病棟内を歩きまわっては、だれかれなく話しかけていた。頭に包帯を巻いているので、どうしたのかと看護師にたずねると、「家が頭の上にくずれてきた、と言ってます」という答えが返ってきた。セルヒイはそれを聞いて、まるで、たいしたことじゃない、とでも言うように、にやりと笑ってみせた。じつはセルヒイは、どんな話をする時もほとんど笑みを浮かべていたが、それは、そのころのウクライナではめずらしいことだった。わたしが、スケッチさせてくれないか、とたずねると、セルヒイは、自分にもわたしのスケッチをさせてくれるなら、と答えた。身ぶりと片言の英語で、翌日また会いに来る約束を交わした。

空き病室に入っていくと、ベッドのひとつに腰かけていたセルヒイは、立ちあがって、前の晩に描いたという絵を自慢げに見せてくれた。厚紙に鉛筆で描いてあったのは、鉤十字をつけたロシア軍戦車が、ウクライナ国旗をふっている少女に迫っている絵だった。

今のハルキウの日常をよく表わしている風刺画だ、とセルヒイは言った。

その後、お互いをスケッチしあったが、セルヒイは自嘲気味の笑みを浮かべ、あまりいい鉛筆じゃないんだ、と言いわけした。わたしたちはスケッチを交換し、その後も連絡をとりあった。数か月後、彼にいくつか質問することができた。

以下の文章は、セルヒイが、友人のパソコンを借りて送ってきてくれた何通かのメールをもとに構成したものだ。彼のたっての希望の中に、Russians（ロシア人）とつづる時、頭文字の「R」を小文字の「r」にしてくれ、というものがあった。セルヒイ、悪いけど、さすがにこの本の全編を通じてそうするわけにはいかなかったよ。


（二〇二二年三月三十日）

セルヒイの話

わたしはセルヒイ、一九六四年生まれの五十八歳だ。子どものころのことはなんでもよくおぼえている。生まれ育ったのはハルキウ市内の祖父の家だが、その家は、運悪くロシア（russia）のロケット弾にやられてしまった……。

十八歳まではソヴィエト連邦時代だった〈訳注・ウクライナの独立は一九九一年なので、二十七歳のはずだが、原文通りとした〉。当時われわれは、国が約束していた明るい未来を信じて暮らしていた。ウクライナでは、そしてわが町ハルキウでも、まずまずの生活が送れた。もちろん、西ヨーロッパの先進国とくらべればそうでもなかったが、貧しい暮らしじゃなかった。そこそこの安定と、まともな給料、発展の見こみもあったし、世紀が変わってなにが起きるかなんて、もちろん、だれにも想像できなかった。こんなに変わってしまうとは……。

あの日、二〇二二年三月十六日の出来事は生涯忘れない……。夜、犬と一緒にすわって紅茶を飲んでいたら、突然、ドーン、ドーン、ドーン、ドーン、ドーンという音が聞こえ、五つ目のドーンがわが家を直撃した。おぼえているのは、ヒューンという音と爆発の瞬間だけだ。意識をとりもどしたのは十五分後。ロケット弾が、三メートルしかはなれていない寝室で爆発していた。わたしと犬は、吹きとんだ壁のレンガに埋もれてたんだ。助けに来た人たちが力をあわせてわたしと犬を掘りだしてくれて、やっとのことで這いだしたよ……。それから救急車が来て、わたしは第四救急病院へ運ばれ、そこで頭蓋骨の手術を受け、リハビリをして、今に至る……。医師や友人たち、助けてくれたみんなに、ほんとうに感謝してる。彼らに神の御加護がありますように！

おぼえているのは、ヒューンという音と爆発の瞬間だけだ

わがハルキウは、二〇二二年二月の突然の恐ろしい衝撃から、すでに立ち直りつつある。

町は徐々に活気をとりもどしているし、国外にのがれた人たちも、自分のアパートや家にもどってきている。わたしは自宅を少しずつ修理している。ロケット弾が命中したんだから、やることはまだたくさんあるけどね。ささやかな家庭菜園もやっているよ。そういえば、この前、郊外へポルチーニ茸をとりに行ったんだ！

そしてもちろん、また絵も描いている。小さな油絵を。

われわれは破壊されたものをすべて作りなおすつもりだ！　そして、戦争前よりずっとよくしてみせる！　プーチンはそのうち死ぬだろうし、そうすればほんとうの世界が訪れる、ウクライナの世界が！　われわれには未来があるが、やつらにはない！

われわれは、平和と、自由と、戦争のないよろこびを夢見ている。

わたしはときどき、友人のアレクサンドルに会いに行く。彼の家は、うちからさほど遠くない、この町を流れるハルキウ川の近くにある。世間話をし、釣りをして、音楽を聞き、自然を楽しみ、つかのま、戦争や、数多くの悲しみを忘れる。ロシアの（russian）ミサイルと甲高い空襲警報の音さえなければ、すっかり心をゆるめられるのに。

（小文字の「r」で始まる）ロシア人（russians）を再教育しようとしてもむだだ。やつら

われわれは、平和と、自由と、戦争のないよろこびを夢見ている

をウクライナの領土から追いはらい、抹殺し、消しさり、プーチンとその一味を、この世でもっとも権威ある法廷で裁かなきゃならない。やつらが生きてるかぎり、平和はどこにも訪れない！

ロシアの（russian）ファシストには、死あるのみ！　地獄に落ちろ！　すでにロシア人ども（russians）に士気はなく、やつらの敗北は間近だ。そしてこの間、ウクライナは、同盟国と友好国のおかげで、はるかに強くなった！　（小文字の）ロシア（russia）には、その悪行と卑劣さに対する報いがあるだろう。なぜなら、神は必ず侵略者や略奪者を罰するからだ！

われわれは、ウクライナの勝利と、ロシアの（russian）ファシストどもが最高法廷で裁かれることを確信する！

こうした直接的、攻撃的物言いをゆるしてほしい。この想いは、すでに心の奥で、わたしの魂の深いところで、ふつふつと煮えたぎっている……。

TYMUR, 18

Music student, translator

LONDON

ティムール　十八歳

音楽を学ぶ学生、通訳

〈ロンドン〉

ティムールは二〇二二年四月に、姉のカリーナとともにロンドンにわたった。父と兄はキーウに残り、母はワルシャワに避難していた。ティムールは毎週、首相官邸のあるダウニング街の入口で行なわれる平和的な抗議デモに参加していた。イギリスの政治家たちに、ウクライナを忘れるな、と訴えるためだ。

わたしはキーウで、ティムールの家族に会った。父親のナーディルは、アフガニスタンに生まれ、成績優秀で、音楽を学ぶためにソ連に留学した。そこで、歌手だったスヴィトラーナと出会い、結婚して三人の子をもうけた。ナーディルには兄弟姉妹が十一人いるが、そのほとんどはまだアフガニスタンで暮らしている。妹〈訳注・または姉〉が一人、タリバン政権からのがれてウクライナに来たが、戦争が始まってまもなくポーランドに避難することになった。

ティムールにはロンドンで話を聞いた。彼はここで、イギリスの大学入学資格、Aレベルを取得するまで、ホストファミリーの世話になる予定だった。また同時に、東部のノーフォーク州でイギリス国防省の通訳として、訓練を受けにきたウクライナの兵士たちを支えていた。

（二〇二三年一月二十一日、八月九日）

ティムールの話

ぼくは母と兄と一緒にキーウ北部の家にいて、父は郊外で仕事をしていました。ネットでニュースの記事を読んだのは、二〇二二年二月二十三日の夜十一時。ゼレンスキー大統領が世界に助けを求める演説〈訳注・実際は、ロシア国民に平和を訴える演説〉をして、緊張が一気に高まりました。

これは、絶対にヤバいことになるぞ！　そう思って、夜中の二時ごろ、いつでも逃げられるように支度を始めたんです。水や食料を集めてリュックにつめました。でも三時には眠くてたまらなくなり、これから大変なことが起きるとわかってたのに、いつのまにか寝てしまいました。朝五時に爆発音で目がさめたら、母が「爆弾よ！　ロシアが爆撃を始めたわ！」って叫びながら、アパートの中をバタバタ走りまわってました。それから十分もしないうちに父が帰ってきて、みんなで郊外の親戚の家に避難したんです。

その時は、なんの感情もわいてこなかったな。冷静でいようと思ったけど、どんな結果も覚悟しなきゃ、と自分に言いきかせてました。

おばさんの家族も一緒でした。一家は二〇二〇年にアフガニスタンから移住してきました。タリバンから逃げて、キーウに落ちつこうとしてたんです。だから、はじめは全部で十四人いました。ぼくらはその郊外の家に一週間いました。でも最初の二、三日で、アフガニスタンから来たおばさん一家はポーランドへ行くことになり、父がキーウの駅まで車で送っていきました。その時は、父のことが心配で心配で。キーウの中心部は、まだかなり危ない時期だったから。

避難して最初の三日間はパンしか食べられませんでした。ほかになにもなかったんです。ロシア兵が攻めてくると思って、ガレージで火炎瓶を作ってました……。

ガレージで火炎瓶を作ってました……

一度、これでもう死ぬかもしれない、と思うような緊迫した場面がありました。その日は、兄と父、それから姉のだんなさんは、ガソリンを買いに出ていて留守でした。そしたら、姉があわてて二階からおりてきて、家のすぐ外に自動小銃をもった男がいる、って言うんです。略奪に来た人か、兵士か、どっちかだろう、って二人で話しました。ぼくは、あわてちゃだめだと思いながら、みんなに、確かめるから廊下に出ているよう声をかけ、カーテンのすきまから外をのぞいてみました。でも、袖についてる国旗の色が見えなくて、ロシア兵かウクライナ兵かわかりません。軍服はすごくよく似てるんです。落ちつけ、と自分に言いきかせました。そして、生きのこる確率を上げるために、みんなになにか武器をもたせました。でも姉さんはおびえきって、パニック状態でした。はりつめた時間がすぎ、しばらくしてようやく、その兵士はウクライナ兵だとわかりました。

それからは、その家で寝起きしていても妙な感じでした。ぼくらは兵士でもないのに武装してたんです。姉のだんなさんはエアピストルをもち歩いてたし、おじさんはゴム弾が出るピストル、ぼくはナイフと斧をもってました。夜寝る時はいつも、枕の下に斧をおいてたし、まともなベルトがなかったから、ナイフは紐で腰に結んでました。

不思議なことに、それでもいちおう寝てはいました。夜はだれかが見張りをしたほうがいいと思ったんで、おそくまで起きてましたけど、最後は疲れて寝ちゃうんです。あのころは、時間の感覚もわからなくなってたな。時間がのろのろとしか進まなくて、悪夢を見てるようだった。二週間が五年くらいに思えて……。なのに、一年たった今は、あれはほんの一瞬だった気がします。

ぼくが作った曲のひとつは、あの時の戦争の実感から生まれました。不安感というか、不安そのものからです。思いっきりはりつめたサウンドにしたつもりです。いつまでも、延々とくりかえす感じが気に入ってます。結局、それが、じっと待ってる時の感じなんで。

そのあと、少し安全になってから、父と兄はキーウの家にもどりました。その翌日、女性の親戚全員とぼくとで出国することになりました。戒厳令が出てたけど、ぼくは十七歳だったから、まだ国外に出られたんです。

ウクライナを出たのは三月十二日です。車をつかまえて、お金をはらって国境まで乗せてもらい、歩いて国境を越えたんだけど、とくにもめたりはしませんでした。でも、車椅子に乗った男性が、障害者だと証明する書類をもってなくて、出国を許可してもらえるまでずいぶん時間がかかってました。そばにいた女性が、すごく不安そうで、見てるのがつらかったです。戦争の恐ろしさは何度も感じたけど、これもそのひとつでした。

それからバスでワルシャワへ行き、一か月くらいそこにいました。安全なところにいるのが妙な感じだったな。人間は、どんな環境にもすぐ適応する生き物です。その時変な感じがしたのは、ぼくがもう戦争になれてしまっていたからでしょう。

四月三十日、ぼくは姉のカリーナと一緒にイギリスに来ました。難民として入国するため、パスポートのほかに、イギリス内務省からのEメールと、ぼくを受けいれてくれるルイーズさんからの手紙をもっていました。

戦争の恐ろしさは
何度も感じたけど、
これもそのひとつでした

ロンドンに来てからは、なにかの形でウクライナとかかわることがとても大事だと感じてます。いつも「ダウニング街の入口で」やってるデモは、ここにいるウクライナ人にとって大きな意味がある。忘れてないってことを示すのは大事だし、これはウクライナだけの戦争じゃ

ダウニング街の入口で行なわれている抗議デモ
ロンドン、2023年1月21日

STO
PUTIN
UKRAINE IS INDEPENDENT
STOP PUTIN
HANDS OFF UKRA
WE WANT TO LIVE IN A WORLD WITHOUT WAR

ない、世界中が関係してるんだって伝えたい。全体主義に対する民主主義の戦いなんだって。そうすれば、悪と立ちむかうために団結できるし、自分たちだけでなく、もっと大きなものを守るために団結できるはずです。

ぼくは、イギリス国内にある、ウクライナ兵が軍事訓練を受けている施設で通訳として働いています。みんな入隊したばかりで、武器をさわったこともない。昨日まで民間人だった人たちが、ロシアと戦うために訓練を受けに来てる。

その訓練施設であと五週間働いたら、八月十七日にAレベル試験の結果が出ます。じつは、試験のことなんかもう忘れてました。訓練を受けて帰る兵士たちと別れる時、どうしても、自分の人生にはAレベルよりずっと大事なものがあるような気がするんです。あの人たちがこれからどんな任務に就くのか知らないけど、今は、ウクライナにいることはわかってます。

大学に入ったら九月から授業が始まるけど、その前に母と会う予定です。イギリスに来て、ひと月滞在することになってるんです。母がウクライナにもどる前に、どうしても会いたい。きっと胸がいっぱいになるだろうな。もう半年も会ってないし。母の名前はスヴィトラーナです。「スヴィートロ」はウクライナ語で「光」。ぼくにとって母さんは太陽です。元気で、明るくて。

ぼくはいつも、ウクライナのことを考えています。今ぼくの身に起きていることは、全部ウクライナのおかげだと思うんです。ウクライナのせいじゃなくて。だから、ぼくの一方のルーツであるウクライナには、恩返ししなきゃいけないことがたくさんあると感じてる。もう一方のルーツのアフガニスタンに対しては、そこまでは思いません。あっちで育ったわけじゃないし。でも、生まれ育った国だから、ウクライナには、なんていうか……すごく大きな借りがあると感じるんです。

ウクライナには……すごく大きな借りがあると感じるんです

戦争のことをあんまり考えすぎると怖くなってきます。家族のことも必要以上に考えないようにしてます。心配しだすと涙をこらえられなくなるから、あまり考えたくない。

この戦争には終わりが見えません。そう思うとやりきれない。口に出すのはつらいけど、だまって考えてるのはもっとつらい。これは話しあいで終わる戦争じゃないし。

ダウニング街の入口で行なわれている抗議デモ
ロンドン、2023年1月21日

STAND UP FOR UKRAINE
STOP
STOP GENOCIDE
Ленин
Сталин
Путин

LARYSA

Headmistress

SALTIVKA, KHARKIV

ラリーサ

校長

〈ハルキウ市サルティーウカ〉

ラリーサは、校長をしていた北サルティーウカにある学校にとどまって、ロシア軍の激しい砲撃を受けて家を追われたり、あるいは自宅が安全ではないと感じた地域住民に、避難場所を提供してきた。教職員は町を出ていったが、ラリーサは夫と息子の手を借り、地域社会に対する義務と考えて、この仕事にとりくんでいた。体育館は砲撃を受けたが、校舎の地下室で数家族が暮らしていた。サルティーウカは何週間ものあいだ、連日、ロシア軍から激しい無差別砲撃にさらされた。わたしが訪れた数日後、またミサイルが落ち、学校にいた人たちも避難した。

（二〇二二年四月四日、二〇二三年八月八日）

ラリーサの話

戦争はだれかがまちがって始めたことで、すぐに終わるだろうと、みんな思っていました。そして、人々がこの状況で生きていくためには、支援が必要だとわかっていました。わたしの両親や孫たちも町に残っていたんです。わたしは、一九七一年の学校創立当初から、最初は生徒として、その後、実験室の助手、小学部の教師、さらに副校長として、人生の大半をこの学校とかかわってきました。ここにあるものはなにもかも、なじみのあるものばかりです。壁も、職員や生徒、保護者のみなさんも。だからこそ、夫と息子と一緒に、ハルキウのこの学校にとどまることにしたのです。

二〇二二年二月二十四日、午前五時、目をさますと、聞いたことのない轟音と、空襲警報、そして砲声が響いていました。インターネット上では、ロシア連邦による軍事侵攻が始まったことが報じられていました。それは、わたしたち一般市民には予想もつかない出来事でした。起きていることが信じられませんでした。すぐに教育機関の休校措置が発表されました。その日は、学校近くに住んでいる先生たちが登校してきて、書類を整理し、すでに登校していた人たち（大人も子どももいました）に声をかけ、地下の射撃練習場に避難させました。

怖くなって、
大切な人の命を
守るために、
よそへ避難する人が
出はじめました

その日から、二〇二二年の六月一日まで、わたしたち家族は家に帰りませんでした。地下室で暮らしている人がいるあいだは、二十四時間学校にとどまりました。その後、教師やその他の職員、守衛さんたちがもどってくると、わたしたちは日中だけ学校につめていました。夜は近くにあった自宅にもどるようになったのです。

二〇二二年三月三日以降、わたしたちの暮らす地域（北サルティーウカ）は、とくに情勢が悪化し、学校、住宅、幼稚園への砲撃が始まりました。当時は二百人を超える人たち（子どもたちとその母親、祖父母）が地下室にいました。最初の砲撃のあと、怖くなって、大切な人の命を守るために、よそへ避難する人が出はじめました。三月三日時点で残っていた職員は、わたしだけです。停電が九日間続き、地域ではガスが出なくなった家もありました。住民たちは力をあわせ、助けあいました。ここで料理したものを急いで家にもちかえる人もいれば、水をくみに行く人、スマホが充電できる場所をさがしに行く人もいました（電話もインターネットも使えませんでしたけど）。ボランティアがやってきて、水と食料と薬の配布が始まりました。

日常が止まったかのようでした

二〇二二年三月九日からは、校舎に寝泊まりしていない地域の人たちにも、食事の提供を始めました。一日に三百人以上に提供していました。第八十幼稚園で調理したものを、わたしの家族と校舎で暮らしていた人たちが配達しました。この地域に残っていた人はわずかでしたね。日常が止まったかのようでした。怖いほどの静寂が広がっているか、砲声がたてつづけに聞こえるか、どちらかなんです。みんな、このあたりに来るのを怖がっていました。商店も診療所も、全部しまっていました。手もとにあるもので助けあうしかありません。薬はボランティアを通じてとりよせました。驚いたことに、ハルキウに残っていた小学校の先生たちや、卒業生、生徒の親が、みなさん、身の危険を顧みず、水や薬や食料など、ここで必要なものをすべて届けてくれました。地域の人たちみんなが、ひとつの大きな家族になったんです。

地下室には、さまざまな年齢の、さまざまな家族が暮らしていました。お互いのことを知り、話が通じる言語を見つけなければなりませんでした。簡単ではなかったですね。健康を維持し、衛生状態を保つために掃除当番を決めました。停電が続き、暗闇での生活になれるのが大変でした。懐中電灯の電池はどんどんへっていきましたから。もうひとつの問題は、砲撃が始まって暖房が止まり、湿気と寒さが襲ってきたことです。床に直接マットレスなどをしいて寝ていたのでなおさらでした。

二〇二二年五月、ここで暮らしていた家族はすべて、自宅にもどるか、（自宅が被害を受けている場合は）大学の学生寮の部屋をあてがわれました。国外やウクライナ国内の別の地域に避難した人もいます。今はみな、安全なところにいます。

この学校で暮らしていてとくに困ったのは、窓や天井、暖房設備、体育館、ドアが被害を受けた時です。地下室につながる一階の壁がこわれ、寒さや湿気が入り、危険がましました。手に入る材料でとりあえず窓や壁を補修し、その後、ボランティアの人たちに、もうひとつ出口を作ってもらいました。これでみなさん少し安心して、このままここで暮ら

すべての国民と
同じように、
わたしたちも
勝利と平和を、
そして
ウクライナの……
復興を信じ、
望んでいます

せると思ったようです。
　今はまた、学校としての役目を果たしています。一階のこわれた壁や暖房設備は修理しましたし、窓は合板でふさいであります。地下室はペンキや白い漆喰塗料を塗り、床にタイルを張り、壁には内壁をつけ、換気装置を修理して、照明を新しくしました。校庭には花壇と芝生がありますし、近くに住んでいる人たちはグラウンドでスポーツができます。授業は二〇二二年四月十二日にオンラインで再開し、今も続けています。全部で三十二クラス、八百八十五人の生徒たちが学んでいます。みんな順調にカリキュラムをこなし、授業を受けて進級しています。ボランティア活動や、さまざまな競技会や大会、コンテストなども実施しています。
　わたしたちは今までも、これからも、この町はウクライナのものだと思っています。すべての国民と同じように、わたしたちも勝利と平和を、そしてウクライナの、ハルキウの、この学校の復興を信じ、望んでいます。ウクライナはくじけません。

ПЕРЕВІР ЗОВНІШНІЙ ВИГЛЯД!

ハルキウ第141学校の地下室での生活

ハルキウ市サルティーウカ、2022年4月4日

ILLIA, 4

Brother

KUPYANSK

イリヤー　四歳

弟

〈クープヤンシク〉

「こいつは、バレリーナ、っていうんだ。ほら、つま先が外むきでしょ」イリヤーはそう言って、横に立っている小さなうすよごれた犬を指さした。

　わたしが四歳のイリヤーと兄のアンドリイに出会ったのは、クープヤンシクで母親がやっているシャワルマ〈訳注・長い串に薄く切った肉を重ねて刺してあぶり焼きにしたもの。ウクライナでは野菜などと一緒に生地でくるむことが多い〉とピザの店の前だった。店の中はとても忙しそうだったが、兄弟はスイングドアをぬけて出入りし、遠くから砲声が聞こえてくるというのに、表で遊んでいた。二人はこの通りではよく知られていて、ここで暮らす人たちはみな、この兄弟のことを気にかけていた。

　二人が遊んでいるのを見て、今のウクライナの子どもたちがどんな毎日を送っているのか、少しわかった気がした。イリヤーは、二個入りの袋からのぞいている大きなシナモンロールをかじりながら、アンドリイがキャンディーの棒で地面に小さな墓穴を掘り、プラスチック製の骸骨のおもちゃを埋めるのを手伝っていた。二人は、あとでどこに埋めたかわかるようにキャンディーの棒を墓に立てると、通りの別の場所でまた同じことをくりかえした。そのすぐあとを、イリヤーが冗談（じょうだん）めかしてバレリーナと呼んだ、ぶかっこうな雑種犬がついていく。

　わたしはよく、今ごろ、あのイリヤーとアンドリイの兄弟はどうしているだろう、どこにいて、なにをしているんだろう、と考える。二人がこれから生きていくあいだに、世界はどうなるのか、どう変わっていくのか、そして、戦争で先が見通せなくなった二人の将来に、なにが待っているんだろうか、と。

（二〇二三年三月十五日）

あとがき

忘れてならないのは、人々が本書で語ったようなことは、今もまだ、ウクライナの前線や塹壕、病院やこわれた家屋の中で起きている、ということです。わたしは常にそのことを考えています。あの人たちは、今、どこにいるのでしょうか。取材当時九十九歳だったマダム・オーリハをのぞき、この本でとりあげた人たちはみな、わたしが今これを書いている時点ではまだ生きています。オーリハさんは、わたしがスケッチした数か月後に、自宅のベッドで安らかに息を引きとりました。本書を、戦争のただ中におかれたすべての市井の人々に捧げます。

彼らの話を聞いて、人の声には絵に劣らぬ力があることを知りました。スケッチは握手のようなものですが、彼らの言葉は繊細で、人の心を動かす力があり、それぞれの人生がにじみでていました。スケッチだけなら、わたし一人でできますが、ちがう国の言葉で語られる物語を、明日なにが起きるかわからない時に聞いてまわることは、細やかな神経を必要とする、人の気持ちによりそう営みです。さまざまな障壁を乗りこえられたのは、ウクライナ人コーディネーターや通訳、ドライバーのみなさんのおかげです。

わたしが会ったウクライナ人の中には、話をしたがらない人もたくさんいました。自分は英雄的なことはなにもしていないと思っているからです。また、退屈しのぎや親切心で話してくれた人もいたでしょうし、赤の他人に打ちあければ、とがめられることなく心の重荷をおろせると思った人もいたでしょう。困っている人たちが取材に応じてくれるのは、話したいからではなく、話すことでなにかの役にたつと思っている場合もあります。そういう気持ちにつけこむことを、わたしはとても恐れていました。そんな時、スケッチは心をひらいてもらうための、おだやかな手段だと実感しました。また、すわってじっくり話を聞けるので、昨今の写真中心のジャーナリストや、旧来の取材手法を守る記者よりも、圧迫感のない取材ができました。

同じ人物に一年後にインタビューした時、なにより悲しかったのは、彼らの問題や不安がまったく解消されていなかったことです。悲しみは変わらず伝わってきましたし、苦しみも依然、目に見えてわかるものでした。将来への希望や期待は失っていませんでしたが、それはしだいに、目の前の混乱に埋もれかけていました。わたしにとっての唯一のなぐさめは、世界中の人たちがここで起きていることを知って衝撃を受けているとわかると、彼らが少し安堵するのが伝わってきたことでした。そして、今わたしが安堵しているのは、この本が実際に出版され、みなさんの目にふれる運びとなったからです。むろん、それによって、彼ら一人ひとりの状況が改善されるわけではありません。

戦争報道において、真実はとらえがたいものです。真実は、追いかけて、検証し、掘りさげなければなりません。ウクライナ戦争は、歴史上もっとも詳細に記録されている戦争と言えますが、高度な科学技術を用いてもなお、なにが「真実」かを見定めるのは困難です。混乱の中に「多くの真実」がある、と言っていいでしょう。

現代の報道は、メディアごとにそれぞれ特有の制約があり、「真実」を伝えきれません。現地でのスケッチは、あえて時間をかけることで、そのような制約に対抗する手段となりえます。こうしたスケッチは、写真や文字による報道とくらべて、真実に近いとも遠いとも言えませんが、現地で直接ふれた戦争の重要な記録であり、開戦から二年近くたった今も、戦闘がどんなに激しくても大きくとりあげられることのない光景や人物に、実在感と奥行きを与え、長く記憶に残るものにする力をもっているのです。

八歳になったヴォロディーミルが、マダム・オーリハのように九十九歳まで生きたなら、二一一五年まで生きることになります。その時、ヴォロディーミルは、オーリハのようなつらく苦しい思い出を語るのでしょうか？　それとも、もっと幸せな一生を送っているのでしょうか？　わたしは、人生のさまざまな局面にいる人たちからじかに話を聞くことで、戦争はくりかえされる、という事実を痛切に感じました。わたしたちは、このような事態は歴史書の中だけに登場するものだと思っていましたが、それはまちがっていたのです。

二〇二四年二月

ジョージ・バトラー

www.RememberAlsoMe.com

オデーサ・フード・マーケットに
設けられた、ボランティアが
運営している物資配送センター
オデーサ、リシェリイェウシカ通り、
2022年3月15日

謝辞

自国の現状を世界に知らしめることを使命とし、それによる援助と変化を願うウクライナの人々の助けがなければ、この作品はまったく形にならなかったでしょう。ふさわしい人を見つけるために、そして、わたしの身の安全を確保するために、彼らが費やした時間と労力に感謝します。

以下にお名前を挙げる人たちに、特段の感謝の意を表します。

Rita Burkovska, Max Burtsev, Roman Kriukov, Anna Lukinova, Mariana Matveichuk, Daria Mitiuk, Illia Novikov, Dzvinka Pinchuk, Volodymyr Roh, Ruslana, Dmytro Sharnin, Yevheniia Shevchuk, Lyzaveta Sokolova, Dmytro Tkachuk, Valentyna Vakulenko, Liudmyla Yankina.

また、以下のみなさんにも、大変お世話になりました。
Alexandra Bielikova, Edward Butler, Liam Chivers, Mick Clifford, Isabel Coles, Laurie Erlam, Ruth Ganesh, Martin Gray, Paul Grover, Molly Hunter, Mishal Husain, Denise Johnstone-Burt, Gary Jones, Campbell MacDiarmid, Oliver Marsden, Ben Norland, Philippa Perry, Paul Reyes, Tom Robinson, Quentin Sommerville, Birthe Steinbeck, Nghiem Ta, Kyle Thorburn, Lauren Van Metre, Susan Van Metre, Romilly Weeks, Jim Williams, Zeeshan.

この本の制作は、ピューリッツァー・センターの支援を受けています。

戦争遺産財団（Legacy of War Foundation）と、同財団のウクライナでの業績については、https://www.legacyofwarfoundation.com/ukrainecrisis を参照ください。

〈マジック・コーヒー・トラム〉

17歳のイェリーザが店番をしていたコーヒースタンドと、

まわりをかこんでいる、戦車の走行を阻止するための障害物

オデーサ、デリバーシウシカ通り、2022年3月16日

MAGIC
COFFEE
TRAM
No1
DERIBASOV
EST
2020

ウクライナ関連年表

１９１４年〜１９１８年	第一次世界大戦	
１９１７年	ロシア革命	史上初の社会主義国家樹立につながる。
１９１７年	ウクライナ人民共和国が独立を宣言	ロシア・ソヴィエト政府はこれを認めず、戦争状態が１９２１年まで続く。
１９１８年	ロシア・ソヴィエト連邦社会主義共和国成立	
１９２２年	ソヴィエト社会主義共和国連邦（ソ連）成立	ウクライナはロシアに敗れ、「ウクライナ・ソヴィエト社会主義共和国」として、ロシアとともにソ連を構成する国のひとつ（構成共和国）となる。
１９３２年	農業集団化による大飢饉	ウクライナで数百万人の餓死者が出たと言われる。
１９３９年	第二次世界大戦始まる	
１９４１年	独ソ戦開始	
１９４１年〜１９４４年	ドイツによるウクライナ占領	ウクライナは激戦地となり、住民数百万人が犠牲になったと言われる。
１９４５年	第二次世界大戦終結、東西冷戦始まる	
１９５４年	クリミア半島のウクライナ編入	クリミア半島がロシア領からウクライナ領に変更される。
１９８６年	チョルノービリ原発事故	約16.5万人が強制移住、被災者は数百万人にのぼると言われる。
１９８９年	東西冷戦終結	
１９９１年	8月24日 ウクライナ独立宣言	国名を現在の「ウクライナ」に変更。
	12月1日 ウクライナ独立に関する国民投票	国民の90パーセント以上が独立を支持。
	12月 ソ連崩壊	ソ連を構成するすべての共和国が独立を宣言。「ロシア連邦」をはじめとする15の独立国となる。

1994年	ウクライナ、ソ連時代から保管していた核兵器放棄を決定	引き換えに、アメリカ・イギリス・ロシアが、ウクライナの安全を保障する「ブダペスト覚書」に署名。
2000年	ロシアでプーチン氏が大統領就任	旧ソ連の国々の連携強化を訴える。
2004年	オレンジ革命	ウクライナ大統領選挙の結果に対する抗議運動・政治運動などをさす。この結果、親欧米派のユーシチェンコ氏が大統領に選出。
2014年	2月 マイダン革命	首都キーウなどで、ロシアとの関係を重視するヤヌコーヴィチ政権に対し、EUとの関係強化を求めるデモが激化。同氏はロシアへ亡命。
	3月 クリミア危機	ロシアがクリミア半島を一方的に併合。
	4月〜9月 ドンバス紛争	ロシアと国境を接するドンバス地方（ドネツク州、ルハーンシク州）で、親ロシア派とウクライナ新政権との武力衝突が起きる。
2015年	2月 ミンスク合意（ミンスク2）	前年9月の停戦合意に続き、ウクライナ・ドイツ・フランス・ロシアによるドンバス紛争の和平案が合意されるが、これ以降も国境での緊張状態が続く。
2019年	ウクライナで親欧米派のゼレンスキー氏が大統領に就任	EUやNATO（北大西洋条約機構）への加盟に前むきなため、ロシアはこれを警戒。
2021年	7月 ロシア・プーチン大統領「統一論文」発表	「ロシアとウクライナはひとつ」という内容。
	9月 ロシア、ベラルーシ軍がウクライナ国境付近で合同演習	
	12月 ロシアがウクライナのNATO非加盟を求める条約草案発表	
2022年	2月 ロシアが「ドネツク州」と「ルハーンシク州」の独立を承認	ロシアによる一方的承認で、ウクライナはこれを認めず。
	2月24日 ロシアがウクライナ侵攻を開始	
2024年	8月 ウクライナ軍がロシア・クルスク州に侵攻	

イラスト一覧

P.1
ペンをもつ手
Pen and hand

P.2
土嚢に包まれていく独立記念碑
Independence Monument
wrapped in sandbags,
Konstytutsii Square,
Kharkiv, 31 March 2022 (60cm×42cm)

P.10
破壊されたロシア軍の車列
Destroyed Russian convoy,
Vokzalna Street,
Bucha, 6 April 2022 (60cm×42cm)

P.17
オデーサ国立アカデミック・
オペラ・バレエ劇場
Odesa National Academic Theatre of
Opera and Ballet,
Odesa, 15 March 2022 (42cm×60cm)

P.22
マダム・オーリハ
Madame Olga

P.28
外出禁止時間前に
スーパーマーケットにならぶ人々
Queues before curfew at the EKO Market,
Kyiv, 21 March 2022 (60cm×42cm)

P.32
キーウ駅で、
国内避難をするために
列車を待つ人たち
Internally displaced people waiting in
Kyiv railway station,
Kyiv, 28 March 2022 (30cm×42cm)

P.34
ペトロー
Petro

P.36
ミサイルが落ちた場所で、
本を集めるペトロー
Petro collecting books after a missile strike,
Kramatorsk, 14 March 2023 (60cm×42cm)

P.40
ミサイル攻撃を受けた建物
Missile strike, *near Akademichna Street,*
Kramatorsk, 14 March 2023 (60cm×42cm)

P.42
ユーリイ
Yurii

P.48
破壊されたイルピニ橋の下にある
仮設の橋
A makeshift bridge under the
destroyed Irpin Bridge,
Irpin, near Kyiv, 7 April 2022
(60cm×42cm)

P.50
ヤーラ
Yara

P.56
マリーヤ&オレクサンドル
Mariia & Oleksandr

P.200
ティムール
Tymur

P.206
ダウニング街の入口で
行なわれている抗議デモ
Protests outside Downing Street,
London, 21 January 2023 (60cm×42cm)

P.210
ダウニング街の入口で
行なわれている抗議デモ
Protests outside Downing Street,
London 21 January 2023 (60cm×42cm)

P.212
ラリーサ
Larysa

P.218
ハルキウ第141学校の
地下室での生活
Basement living in Kharkiv School
No 141, Saltivka,
Kharkiv, 4 April 2022 (60cm×42cm)

P.220
イリヤー
Illia

P.223
犬の「バレリーナ」
Ballerina, the dog

P.226
オデーサ・フード・
マーケットに設けられた、
ボランティアが運営している
物資配送センター
Volunteer distribution centre in
Odesa Food Market,
Rishelievska Street,
Odesa, 15 March 2022 (42cm×60cm)

P.228
〈マジック・コーヒー・トラム〉
17歳のイェリーザが店番を
していたコーヒースタンドと、
まわりをかこんでいる、
戦車の走行を
阻止するための障害物
Magic Coffee Tram, run by
Eliza, age 17,
in amongst the tank traps,
Derybasivska Street,
Odesa, 16 March 2022 (60cm×42cm)

P.236
カーテリニンシカ通りに
ならぶ非公認の露店
Informal market stalls on
Katerynyns'ka Street,
Odesa, 15 March 2022 (60cm×42cm)

いずれも現地でスケッチ。インク、水彩、コラージュ。A2サイズの画用紙を使用。危険な地域に長時間滞在するのを避けるため、しばしばあとから着彩。対話のさまたげになる場合はスケッチを中断し、撮影した写真をもとにあとで完成させた。

カーテリニンシカ通りにならぶ非公認の露店(ろてん)

オデーサ、2022年3月15日

P
PRIMA DONNA
EXCELBAR
ODESA
GOOD SANA

各証言は、戦争にまつわる取材対象者の個人的記憶を、
インタビューの際に記録されたとおりに再現したものですが、
一部、明瞭さを欠く場合のみ、必要に応じて編集を施しました。
取材した方々全員が、氏名および肖像を掲載することに
同意してくださったことに、深く感謝いたします。
収録した統計上の数字はどれも、本書執筆時のものです。

[文と絵]

ジョージ・バトラー

GEORGE BUTLER

イギリス生まれ。イラストレーター、ジャーナリスト。2006年、アフガニスタン駐留のイギリス軍に同行して以来、世界中の紛争地帯や難民キャンプ、被災地を訪れ、その場でペンと水彩絵具でスケッチしながら取材するスタイルを確立。作品は、タイムズ紙(イギリス)やニューヨークタイムズ紙(アメリカ)をはじめとする、世界の主要メディアに掲載されている。既刊 *"Drawn Across Borders"* は2022年ケイト・グリーナウェイ賞最終候補に選出された。

[訳]

原田 勝

MASARU HARADA

1957年生まれ。東京外国語大学卒業。訳書に『チャンス　はてしない戦争をのがれて』(小学館)、『弟の戦争』(徳間書店)、『ヒトラーと暮らした少年』『キャパとゲルダ　ふたりの戦場カメラマン』(あすなろ書房)、『夢見る人』(岩波書店)などがある。

ウクライナ

わたしのことも思いだして

戦地からの証言

2025年2月3日　初版第１刷発行

文と絵　ジョージ・バトラー

訳　原田 勝

発行人　野村敦司

発行所　株式会社小学館
〒101-8001　東京都千代田区一ッ橋2-3-1
編集 03-3230-5625／販売 03-5281-3555

印刷所　大日本印刷株式会社

製本所　牧製本印刷株式会社

ISBN 978-4-09-290682-2

Printed in Japan

翻訳協力／鴨志田 恵　装丁／アルビレオ

制作／渡邊和喜　資材／斉藤陽子　販売／飯田彩音　宣伝／鈴木里彩　編集／村元可奈

Original Title:
UKRAINE: REMEMBER ALSO ME: TESTIMONIES FROM THE WAR by George Butler

Published by arrangement with Walker Books Limited, London SE11 5HJ,
through Japan UNI Agency, Inc., Tokyo